文學叢刊

楊鴻銘・張梅娜 著

茶花的詩與文

文史哲出版社 印行

國家圖書館出版品預行編目資料

茶花的詩與文 / 楊鴻銘，張梅娜著 . -- 初版 --
臺北市：文史哲, 民 103.05
頁; 公分（文學叢刊；320）
ISBN 978-986-314-179-2（平裝）

830.86 103008720

文學叢刊 320

茶花的詩與文

著者：楊鴻銘 · 張梅娜
出版者：文史哲出版社
http:// www.lapen.com.tw
e-mail：lapen@ms74.hinet.net
登記證字號：行政院新聞局版臺業字五三三七號
發行人：彭正雄
發行所：文史哲出版社
印刷者：文史哲出版社
臺北市羅斯福路一段七十二巷四號
郵政劃撥帳號：一六一八〇一七五
電話886-2-23511028 · 傳真886-2-23965656

定價新臺幣三〇〇元

中華民國一〇三年（2014）五月初版

ISBN 978-986-314-179-2 09320

序

因爲茶花的花型除了千重、玫瑰、牡丹之外，還有意想不到的驚奇，值得期待；茶花的花色除了紅、粉、白之外，還有難以言喻的繽紛，叫人遐想；每當花蕾初綻，我一早醒來就駐足花前，看看今天展開的花瓣究竟是何模樣？所以在寒冷的冬裡，我絕不賴床！

自從與茶花結緣，我走出教書、寫稿的象牙塔，而拜訪多彩多姿的世界。爲了尋找一株自己喜愛的花種，我不遠千里的翻山越嶺；爲了欣賞一朵正在綻放的花朵，我不辭勞苦的天天報到；爲了學習一個栽種的技巧，我自不量力的多方嚐試。我在尋找的路上，發現了從未見過的美景；在欣賞的當下，體會了不曾有過的感動；在嘗試的實驗中，進入了沒有想過的天地。我在此中自有真意的生活裡，不是詩情，就是畫意！

有人說茶花一年才開一次，其餘的時間都在等待，等待花開的日子似乎太長了。其實每年十月左右，就有迫不及待的茶花露出臉來，直到隔年四月，依然可以看到茶花的蹤影。因爲茶花的品種很多，茶花綻放的時間不盡相同，所以只要選擇幾株開花月分不同的茶花，就有長達半年的花季，就能天天看到洋溢著美感的花朵。茶花鮮嫩的葉子、扶疏的枝條和充滿生命的植株，也已夠人迷醉，何況是花！

在茶花的世界裡，我和梅娜一起欣賞，一起討論，一起享受這個美麗的經驗。我拿起筆來寫，梅娜隨時給我意見，所以這本書是我們共同的創作，希望你也喜歡！

楊鴻銘
張梅娜
謹識於臺北

茶花的詩與文

目 次

4 黑魔法茶花

1 愛卡迪亞茶花

5 伯拜范茶花

2 露易絲貝蒂茶花

6 布魯克斯玫瑰茶花

3 黑金茶花

7 辛拿蒙辛蒂茶花

8 琉球山茶茶花

9 戴羅尼加茶花

10 埃及豔后茶花

11 桃樂絲山丘茶花

12 至尊茶花

16 法蘭克豪瑟茶花

13 愛麗絲姑娘茶花

17 歡樂時光茶花

14 伊瑪吉達茶花

18 哈囉派基茶花

15 紫丁香茶花

19 海倫包爾茶花

20 天香茶花

21 喬依肯得力特茶花

22 慶祝茶花

23 茱麗亞茶花

24 佛那黎茶花

28 瑪麗費瑟茶花

29 黑鳥茶花

30 玫瑰蒂茶花

25 黃之蝶茶花

26 大花小瑪瑙茶花

27 迪士茶花

31 牡丹皇后茶花

32 珍珠毯茶花

33 羅蘭茶花

34 薩華達之夢茶花

35 香神茶花

36 甜香水茶花

39 明日公園茶花

37 天鵝湖茶花

40 情人節茶花

38 芙蓉香波茶花

41威力奴生茶花

42比爾美人茶花

43維吉尼亞烏馬克茶花

壹、茶花的詩

一、愛卡迪亞茶花

乘著潮流
淺淺的彎成一弧旋律
像音符緩緩的流過，又慢慢的揚起
圓滑的優雅的畫出
美麗的花朵

嬌柔之中難掩成熟的美
成熟的美裡洋溢著純摯的真

比紅還淡、比粉還深的花
健康的明朗的迎著料峭的寒風
展露笑顏
恣意爛漫

短短的葉柄，自遙遠的世紀將美承住
亮眼的粉彩，則已伸入時髦的明天
這朵不想追求永恆的花
卻以年年不變的新穎
重新詮釋
近在咫尺的永恆

語 解

乘著時代的潮流／每個花瓣都淺淺的彎出一個曼妙的弧形，一道旋律一般的曲線／好像五線譜上的音符，緩緩的流瀉下來，又慢慢的向上揚起／以圓滑的線條，優雅的畫

出／一朵美麗的山茶

嬌柔的花裡，自有一股成熟的美／成熟的美裡，仍然洋溢著純潔的真摯／顏色比紅淡些、比粉深些的花朵／每天健康的、明朗的展露笑容似的／綻放在有點寒意的北風裡／盡情的灑落大地的歡愉

自遙遠的古代，就以短短的葉柄，將美麗的花朵承住／花上亮麗的粉彩，則已隨著時髦的潮流，走在時代的前端了／這朵只想綻放美麗，不想追求永恆的花／卻以年年未曾改變、年年都能嶄新的綻放／重新解釋／近在咫尺、年年都很漂亮的山茶，就是一種永恆

分析

愛卡迪亞茶花（Arcadia），以亮麗的粉紅，開出八重或牡丹兩種花型，屬於巨大型的山茶花。

首段以「像音符緩緩的流過，又慢慢的揚起」，一抑一揚寫出花瓣的形；二段以「嬌柔之中難掩成熟的美／成熟的美裡洋溢著純摰的真」，境中有境寫出花的內涵；三段以「短短的葉柄，自遙遠的世紀將美承住／亮眼的粉彩，則已伸入時髦的明天」，今昔對

比寫出花的樣子。整齊的文字，已將詩的情境拓得更深、擴得更廣。

又，以「圓滑的優雅的」線條描繪，是花的形貌；以「健康的明朗的迎著料峭的寒風」恣意綻放，是花的性情；以「年年不變的新穎」重新詮釋，是花的自信。詩以美麗、開朗、自信來敍寫愛卡迪亞，愛卡迪亞的美，由此可見一斑。

（中國語文五九九期、二〇〇七年五月）

二、露易絲貝蒂茶花

彷彿小小的女孩
粉粉嫩嫩的臉上，滿是純純真真的稚氣
矜整的花瓣，淺紅的花朵
有時飛來一、兩個白色的斑點
好像她正怯怯的把眼張開
偷偷的窺看這個陌生的世界

綿密如網的雨，輕輕的拂著拭著
唯恐把她驚覺
再微再弱的風，也都躡起手腳
唯恐把她吵醒

人們也彎下腰來親切的端的詳的讚的嘆
有如對著自己年幼的小女兒
輕聲細語

盛著愛與疼惜的心
不管是人、還是不稱為人的物
都在這朵花上
袒現無遺

語解

彷彿小小的女孩／嬌嫩的、粉紅的臉上，滿是天真的、純摯的情態／端秀的花瓣，整整齊齊；淺淺的粉紅，清清新新／有時飛來一、兩個白色的斑點似的著在花上／好像粉紅的花正羞羞怯怯的張開眼來／好奇的偷看這個全然陌生的世界

交織如絲、綿密如網的雨，輕輕的拂著、拭著似的點在花上／唯恐使她受到驚嚇／再微弱、再細小的風，也都躡起手腳似的緩緩吹拂／唯恐把她突然吵醒／人們也彎下腰

來親切的欣賞、低聲的讚嘆／有如對著自己年幼的小女兒／輕聲細語般的呵護的關懷
盛著不絕的愛與無限疼惜的心／不管是人、還是物／都在這朵美得令人憐惜、令人不忍移開腳步的花上／流露無遺

分析

露易絲貝蒂茶花（Betty Lewis），花型千重而端整；粉紅的色裡常有白色的斑點，屬於中型的山茶花。

花色粉粉嫩嫩，有如小女孩童稚細膩的臉龐；花瓣矜矜整整，有如小女孩純真無邪的情態；這是山茶惹人憐愛的原因。因爲惹人憐愛，所以綿密如網的雨，唯恐把她驚覺；再微再弱的風，也唯恐把她吵醒；而行經跟前的人們，連讚美她的時候，都自然的輕聲細語了起來。

山茶，有的美得如豔如火，熱情奔放；有的美得如端如莊，整整齊齊；至於這朵山茶，則美得令人憐愛，美得令人將內心最深層、最純潔的本性，不但自然的袒現出來，而且還把人類高貴的情操，整個提升了起來。

（中國語文六一九期、二〇〇九年一月）

三、黑金茶花

鮮紅的花
從冬夜漆暗的幕裡鑽出
褪去不掉的色
全在花上淋淋漓漓

紅紅的黑
乍看靜止如凝，其實潺潺如流
在陽光之下清淺
風來蜿蜒之聲洋洋盈耳
風去

漣漪仍在心頭呢喃

德國陶瓷名廠V&B
每年將花最美的剎那
留在盤上
法國設計名家香奈兒
把花雕在錶上琢在鑽緣
長相左右
因為只要一個偶然，終身必然無法忘懷
心，如果還想不移不動
甚難

語解

本來鮮紅的花朵／因爲才從冬天漆暗的夜幕裡鑽出，所以花上沾滿如墨的色彩／一時無法褪去的黑／全都著在花上淋著、滴著紅紅的花上，有著淋漓的黑／星羅棋布的黑，乍看似乎靜止的凝結在深紅的花上；但如果仔細的觀察，則又好像水波一般，潺潺的浮在花上／迎著陽光，清淺的蕩漾／微風輕拂，蜿蜒流動的聲，洋洋盈耳／風去／有如漣漪似有若無的聲，彷彿仍在心頭，呢呢喃喃的低語

德國已有百年之久的陶瓷名廠V＆B／每年選擇一朵山茶，且將這朵山茶最美的樣子畫了下來／燒在盤上／法國首屈一指的設計名家香奈兒／每年都以山茶爲主，在錶上、在鑽緣，雕出美麗的造型，琢出不凡的風采／使花與人能夠長相左右，倍增氣質／因爲只要偶然的瞧過一眼，終身必然無法把花忘懷／已經感動的心，如果想把這分深烙的記憶移去／非常困難

分　析

黑金茶花（Black Gold），花色深紅，且深得含有閃亮的黑；能開千重或玫瑰的花型，屬於中型的山茶花。

深紅的花，不但紅得發黑，而且如墨的色彩，彷佛褪去不掉似的，星羅棋布的浮在花上。因此詩以「從冬夜漆暗的幕裡鑽出」，描寫原因；以「全在花上淋淋漓漓」，描

寫情形。

深紅而帶有黑色的花，「乍看靜止如凝，其實潺潺如流」的「乍看」——不甚經意的一眼，與「其實」——仔細的端詳，兩者在字面上的意思，也許迥然有別，但在人的視覺上，卻只有深淺之分罷了。因爲不甚經意的「乍看」，是只看一眼的印象；而「仔細端詳」的「其實」，則將眼睛停在花上，一看再看，看得入神，看得醉在花的美麗裡了，所以才會覺得花上如墨的色彩，「潺潺如流」了起來。因爲醉在花的美麗裡，所以有風的時候，「潺潺如流」的黑，不但「如流」，「蜿蜒」的流，而且連「蜿蜒的流」水聲，也在耳際洋洋溢溢。因爲醉在花的美麗裡，所以即使無風無息，黑色仍然有如漣漪一般，呢呢喃喃似的響在已經迷醉的心上。

「其實潺潺如流」是醉，「風來蜿蜒之聲洋洋盈耳」是醉；「風去／漣漪仍在心頭呢喃」也是醉；一醉、二醉、三醉，人對茶花的美麗，如痴如醉！德國陶瓷名廠每年選擇一花，畫在盤上，是美；法國設計名家香奈兒把花雕琢在錶、鑽之上，是美；「只要一個偶然／終身必然無法忘懷」，也是美；一美、二美、三美，人對茶花的喜愛，如戀如迷！難怪英國詩人布萊克（Blake）說：「一粒沙裡瞧見世界，一朵花裡瞧見天國。」

（中國語文六一三期、二〇〇八年七月）

四、黑魔法茶花

紅入黑裡的紅的黑的色
乍看是紅，其實是黑；乍看是黑，其實是紅
濃濃稠稠的濃稠，凝結在樹的枝上

辦，由外而內逐層把色加深
直到蕊的底部已成黑洞全然的黑
將眼吸入

而偶爾綴在花上的白色的點
由內而外把點加大，使白更白
彷彿晨起的太陽穿過雲隙

整片亮眼

將虛與實、夢與幻的界線模糊
獨自美麗
說這說那、指東指西的人
即使用手碰觸
仍然莫辨真假
花
在明暗的強弱、在角度的移易、在視覺的恍惚裡
紅與黑隨時變化的繽紛
霎時多彩

語解

深紅的紅色，紅得好像墨黑的紅、紅得有如黑色的花朵／有時乍看之下是紅色，其實是黑色；有時乍看之下是黑色，其實是紅色／紅與黑渾融而成的濃濃稠稠的顏色，凝

結在枝上一般的綻放開來
花瓣，彷彿由外而內，逐漸把顏色愈加愈深似的／直到花蕊的中心，已經變成黑洞一般全然的黑色／將人們驚嘆的眼睛，整個吸了進去／而偶爾點綴在花瓣之上白色的斑點／一點一點由內而外，愈變愈大、愈大愈白似的／好像早晨才剛穿過雲隙的太陽／頓時亮眼
將虛幻與現實的界限模糊，而獨自在人們眼前展開如夢如幻的／美麗的山茶／說是真的，又像假的；說是假的，又像是真的／人們即使用手碰觸／仍然懷疑自己的手、自己的眼，而無法分辨到底是真得很假、還是假得很真的／花／在明暗的強弱之下、在角度的移易之下、在視覺的恍惚之下／紅與黑因人而異、隨時變化的美麗／瞬間多彩、多姿、又多情

分析

黑魔法茶花（Black Magic），顏色黑紅，花瓣有時會出現變異的白色斑點。八重花型，葉呈鋸齒之狀，屬於大型的山茶花。
這一朵花的顏色，在陽光之下黑得像是紅色，但在枝葉之間則又紅得好像黑色；是

黑？是紅？往往隨時而異，甚至因人而異。這一朵花的花型，遠看是假，近看是真，但如果仔細的端詳，則又好像是假的。是真？是假？幾乎人人都想用手觸摸一下：但即使用手觸摸過了，不願相信自己的人們，仍然無法分辨這朵真得很假的花，到底是真？還是假？

詩以顏色黑與紅、花朵真與假的變化，將花在人們視覺上奇特的感覺，和盤托出。如夢如幻的花，如痴如醉的人，在茶花盛開的冬季，隨處可見！

（中國語文六四七期、二〇一一年五月）

五、伯拜范茶花

有如沿著深藍如織的網脈
自瓣形的呢上緩緩的湧了出來
穠稠的絨麗的紅
愈湧愈多，愈聚愈深
最後環起一圈紫黑的藍粉，鑲滾成邊
展露春的氣息

光，悄悄的離開太陽
跋涉一點五億公里，來到這裡
只因一個傳說

雨，如啜如泣
不惜生生世世不停的輪迴
對著她傾訴悲離，道盡歡喜
只為一個曾經

傳說這株豔麗如謎、端莊如后的山茶
曾經綻放只能想像、更勝想像的
絕采

語解

有如沿著縱橫如織、布在花上深藍色的網脈／從好像呢絨的花瓣之上，緩緩的湧現出來似的／禮穠稠稠的、絨絨麗麗的深紅／愈湧愈多、愈聚愈深似的／最後流到花的邊緣，而像鑲滾一般的環起一圈紫黑色的藍粉邊／展露冬春之際、春天似乎已經來臨的訊息光，悄悄的離開太陽，直接投射大地／穿過一點五億公里，長途跋涉來到這裡／只因一個山茶美麗的傳說／雨，如啜如泣綿綿密密的下著／不惜降落爲水、蒸發爲氣，天上地下不停的循環，有如不斷的輪迴似的痛苦／對著山茶傾訴昨日離別的悲傷，並道盡今天相聚的歡喜／只爲一個曾經見過的山茶的美景

傳說這株豔麗如謎、令人徘徊不去，端莊如后、足以提升情操的山茶／曾經開出只能想像、更勝想像的／絕美的花朵

分析

伯拜范茶花（Bobbie Fain），有時鮮紅、有時深紅，花上常有紅得泛藍的網脈；以八重或唐子型開出球狀的花朵，屬於大型的山茶花。

山茶深紅的顏色，有如「沿著深藍如織的網脈」湧了出來；山茶花的質感，有如「瓣形的呢」絨可觸可感。陽光照在山茶之上，有如「跋涉一點五億公里，來到這裡」；微雨灑在枝葉之間，有如「如啜如泣」的傾訴悲離，道盡歡喜。以譬喻的手法想像，以譬喻的辭法描寫，山茶花的情的景，已經鮮明！

光，「只因一個傳說」，傳說這株山茶「豔麗如謎、端莊如后」；雨，「只爲一個

九、戴羅尼加茶花

光，自蕾的心上投出
將初綻時染自枝葉的綠融去
只留清純

沒有雜質的色
在紅與白之間穎脫而出
彷彿無塵室中才剛做好的鮮奶油
溶溶如水
一朵一朵陳列在冬的櫥窗裡
展示

淡淡的甜
微微的醺
理性與感性並轡馳騁的喜悅
頓時湧上心頭

語解

光，好像從花蕾的中心投射出來／將才剛綻放時，有如染到枝葉淡淡的綠融解掉了／只留下清純的淺黃色

潔淨的淺黃色／在大多數紅色與白色的茶花之中，脫穎而出／好像無塵室裡才剛做好的奶油／如水一般的鮮嫩清澄／一朵一朵陳列在冬的櫥窗裡似的，開在原野／新鮮展示似的綻放在人們的眼前

彷彿可以嚐到淡淡的甜味的花／美得令人感到有些微微的醉意了／理性與感性、思想與情感交融而成的喜悅／頓時湧上心頭，身心同時舒暢了起來

分析

戴羅尼加茶花（Dahlohnega）以千重的花型，開出淺淺的黃色，屬於中型的山茶花。首段「光，自蕾的心上投出」，敍好像經由光的照射而自蕾心的淺綠，逐漸向外變成鮮嫩的黃色；「只留清純」，敍花全面綻開時，是潔淨的淺黃色。二段「在紅與白之間穎脫而出」，敍大部分的茶花，不是紅色，就是白色，黃色的花種較少；「一朵一朵陳列在冬的櫥窗裡」，敍一朵一朵開在冬的大地之上。三段「淡淡的甜」，直承上文「奶油」而來，敍寫視覺；「微微的醺」，直承上句的「甜」而來，敍寫感受。詩僅以娓娓道來的筆觸敍寫，花卻一朵一朵開在紙面之上了。

本詩以「光，自蕾的心上投出」，將綠融去，開啓詩端；以「一朵一朵陳列在冬的櫥窗裡」，同時盛開，馳騁筆墨；以「淡淡的甜／微微的醺」，身心俱感舒暢，寫入感受。輕盈的文字裡自有優雅的情感，花的意與境清新如洗。

（中國語文五九八期、二〇〇七年四月）

一〇、埃及豔后茶花

以最內斂的矜持，來到最樸實的季節
然而花瓣才一吐露
多少記憶多少遐想隨著逼人的豔光
徜徉
彷彿穿越時空隧道的溪的河的水
源源不絕

無法規範的美，有如不能一眼瞧盡的紫
紫在紅黃橙綠藍之間徘徊
愈是閱讀，愈是美麗

中爆裂似的／不由自主、也情不自禁的說了出來

以字字有如珠璣的語句，說出山茶的美麗／從冬到春、從春到夏、從夏到秋／在深切嚮往、渴慕欣賞的人們心上／又如波浪一般的洶湧澎湃了起來

分析

伊瑪吉達茶花（Emma Gaeta Var.），將大瑪瑙（Conelian）四分之三的基因直接承襲下來。深濃的玫瑰粉裡，常有白色的斑點；以八重的花型爲主，屬於巨大型的山茶花。以「富麗的堂皇的豔」的「豔」字形容色彩，因爲山茶的紅，不但鮮麗，而且豔麗；以「彷彿取之不盡揮霍不完的奢華」的「奢華」譬喻花朵，因爲山茶的美，不但看在眼裡，而且刻在心裡；以「爆裂」描寫人的讚嘆，因爲人們的感動，不但強烈，而且已經不由自主了。詩以極寫的手法，將山茶的色的形與人的感動，一一呈現。

山茶足以脈動大地的聲息，足以沉澱你我的卑微，足以喚起對美渴慕的追求；有如一波一波的浪，逐漸澎湃；有如到處氾濫的水，整個瀰漫；有如穿水而出的氣泡，一個一個爆出美的訊息。全詩以浪、以水、以氣泡，將山茶的美一次傾瀉；因爲唯有如此，

才能讓未曾欣賞的讀者，如見如睹！

首段敍其遺傳，二段敍其形貌，三段敍其感動；美在上下相銜之間，不但脈絡相承，而且一氣呵成！

（中國語文六〇〇期、二〇〇七年六月）

一五、紫丁香茶花

像緊緊裹著綠衣禦寒的山茶
從飽滿的堅實的蕾裡
掙出

小巧玲瓏的瓣，在柔柔嫩嫩的紅裡
鮮麗如洗

有的獨自頂在枝頭
彷彿芭達潔芙絲卡對天祈禱的少女
天真的無邪的臉上
只有晶瑩的虔誠

有些三三兩兩的偎在葉間
交換祕密
彷彿馬替尼愛的喜悅如歌的旋律
正在想望的心裡
輕輕彈出

蕊的芬芳
今年、明年、後年……

語解

好像緊緊裹著綠衣禦寒的山茶／從飽滿的、堅實的蓓蕾裡／掙脫出來似的綻放了小巧可愛的、玲瓏精美的花瓣，在柔柔的嫩嫩的粉紅色裡／鮮亮清麗的展開了／有的花朵獨自頂在枝頭之上／彷彿芭達潔芙絲卡的名曲「少女的祈禱」裡面，對著上天祈禱的少女／在她天真無邪的臉上、潔淨如洗的花裡／只有純摯的虔誠、晶瑩的美麗／有些

花朵三三兩兩的聚在枝葉之間／好像彼此交換祕密似的依偎在一起／彷彿馬替尼的名曲
「愛的喜悅」如歌一般的旋律／正在想像的心裡、甜美的花上／輕輕的彈出、輕盈的展開
芬芳的花蕊／今年、明年、後年，年年如此

分析

紫丁香茶花（Fragrant Joy），花型有如玫瑰，粉紅的色裡常會浮出淺淺的紫來，香氣怡人，屬於迷你型的山茶花。

首段「裹著綠衣禦寒的山茶」，是含苞；從「堅實的蕾裡／掙出」，則是綻放。二段「獨自頂在枝頭」的花，像正在對天祈禱的少女，極寫山茶不染俗塵的潔淨；「有些三三兩兩的偎在一起／交換祕密」，像如歌的旋律洋溢著滿滿的憧憬，極寫山茶給人鮮麗如洗的喜悅。末段則以「今年、明年、後年……」，年年如此的綻放，年年令人衷心的期盼，將山茶的美在時與空之間，整個蕩漾了開來。

馬替尼作「愛的喜悅」，芭達潔芙絲卡作「少女的祈禱」，兩人均以一曲名垂樂壇。本詩以「少女的祈禱」的靜與「愛的喜悅」的動，將山茶的美一筆鈎勒，意象鮮明。

（中國語文六〇三期、二〇〇七年九月）

一六、法蘭克豪瑟茶花

踩著音符的瓣，如蜿如蜒
彷彿林間淺斟低唱的小溪
優雅的迤出一個個嫣紅的
弧

一個個嫣紅的弧
一景景美麗的春
即使一瓣
繽紛已經足以使人目不暇給
何況多事的風

更在花的緣上輕輕的彈著
彈出一片片翩然騰起的
驚

美

不必如果，不用幻想
因為這朵躍然綻放的山茶
可以驚喜
可以驚奇
可以驚豔

語解

踩著音符一般，隨著旋律又高又低、蜿蜒有致的瓣／彷彿潺潺淙淙流經森林的小溪／優雅的彎曲而出一個個如圓如弧、點綴白色斑點的紅色的花瓣一個個如圓如弧的花瓣／有如一幅幅美麗的春景／即使只是一瓣／多樣的美已經足以使人眼睛無法全數的顧及／何況喜歡惹事的風／更如彈奏一般，正在花的邊上輕輕的吹著拂著／而使一片片被風吹拂的花瓣，有如一隻隻翩然展翅、作勢欲飛的／紅色的鶯

美／不必費心的憧憬，不用漫無邊際的幻想／因爲這朵如雀如躍、欣然綻放的山茶／可以給人歡愉的「驚喜」／可以給人出乎意料的「驚奇」／可以給人一眼難忘的「驚豔」

分　析

法蘭克豪瑟茶花（Frank Houser），有時有白色的斑點、有時純以玫瑰的紅綻放，能開八重或牡丹的花型，屬於巨大型的山茶花。

因爲如蜿如蜒、自然成型的花瓣，彷彿有高有低、有起有伏的旋律，所以「踩著音符的瓣」，才能「優雅的迤出一個個嫣紅的／弧」。因爲一個個嫣紅的花瓣，已經足以使人目不暇給；何況輕輕吹拂的風，更在山茶的邊上彈奏似的，吹得山茶翩然起舞，吹得山茶展翅欲飛，所以說「彈出一片片翩然騰起的／鶯」。

首段以音符起伏的旋律，描寫山茶玲瓏有致的花形，靜態之中自有躍然的動感。次段以微風吹在花的瓣上，有如一隻隻作勢欲飛的鶯，描寫花在微風吹拂之下的情形，動

態之中自有恬靜的趣味。末段則以「驚喜」——喜得令人驚訝；「驚奇」——喜得出人意表；「驚豔」——喜得使人終身難忘作結；不但標明人在欣賞事物時，「喜悅」的三個層次；同時也將茶花給人濃郁的美感，具體而又鮮明的描寫了出來。

（中國語文六二五期、二〇〇九年七月）

一七、歡樂時光茶花

向太陽借來金色的光芒
蕊
沿著瓣與瓣間曼妙的曲線林立
彷彿水晶的華麗的燈
同時聚焦
照亮跳舞的花朵

跳舞的花朵
在潔淨的無瑕的粉裡
鋪上一層淺淺的紫

由內而外逐漸把色加深
直到裙襬才將熱情全數展放
春神自嘆弗如
從此年年遲到

欣賞一次，情操就能昇華一格的花
如果有天地球必須毀滅
請容我再匆匆一瞥
我也甘心

語解

金黃的顏色，有如向太陽借來的金色的光芒／花蕊／沿著花瓣與花瓣之間曼妙有致的曲線，整齊的林立著／一根一根整齊林立的花蕊，彷彿以水晶製作而成的富麗堂皇的燈盞／同時將所有的亮光凝聚／照在這朵有如正在跳舞的花朵之上

有如正在跳舞的花朵／在潔淨無瑕的、嬌嫩清新的粉紅色裡／有如平鋪似的泛出一

層淺淺的紫色／從花瓣的內緣，逐漸把色加深／直到花瓣有如裙襬似的外緣，才將熱情全數展放似的，滾上一抹深深的紫／春神看了，自嘆不如／從此必等山茶花謝之後才肯降臨，所以年年遲到

欣賞山茶一次，就能將自己的人格情操提升一層／如果有一天地球非得毀滅不可／請讓我再匆匆的一瞥這朵美麗的山茶／我也沒有什麼遺憾了

分 析

歡樂時光茶花（Gay Time），以粉紅略帶淺淺的紫，開出八重或千重的花型，屬於中型的山茶花。

首段金黃色的蕊，亮麗有如太陽的光芒，林立有如曼妙的曲線；一根一根的蕊，有如一盞一盞華麗的水晶燈，同時照在這朵形如跳舞的花朵之上。次段形如跳舞的花朵，不但粉得潔淨無瑕，而且又在粉上鋪了一層淺淺的紫；不但鋪了一層淺淺的紫，而且又由內而外逐漸把色加深，最後才在花瓣的外緣鑲起一抹深紫的邊。一段描寫花蕊，一段描寫花瓣，山茶不但輪廓清楚，而且紋理也頗清晰。

二段以「春神自嘆弗如／從此年年遲到」，極寫即使繁花錦簇，也無法與山茶的美

相比；三段以「如果有天地球必須毀滅／請容我再匆匆一瞥／我也甘心」，極寫即使只能再看一眼，生命也就了無遺憾了。以有描寫、有側寫的詩，敍有形貌、有感動的花，山茶的美，早已醉人！

（中國語文六〇四期、二〇〇七年十月）

一八、哈羅派基茶花

迸著金黃的蕊
火
熊熊的將花燃成無數個碩大的球
舉向空中

參差的焰蹦蹦跳跳
彷彿想從樹的頂端飛出
炙手的熱一波勝似一波
燦然的在人的心上烙下一個難以忘懷的
憶

而眼
已被灼傷

語解

金黃的花蕊，從花的蕾心迸射出來／豔紅如火的花／彷彿熊熊的火正在燃燒似的，一朵一個火球，一朵一朵大型的山茶／綻放在枝頭之上

豔紅的花，有如參差不齊、蹦蹦跳跳的火焰／想從樹的頂端飛騰而出／豔麗的紅，好像可炙人手的熱浪，一波一波向人襲來／鮮明的在人的心上，烙下一個難以忘懷的／回憶眼睛／已被豔麗的紅灼傷似的，早已醉在這朵美麗的山茶之上了

分析

哈羅派基茶花（**Harold L. Paige**），有時鮮紅、有時深紅，能開玫瑰與牡丹兩種花型，屬於巨大型的山茶花。

茶花的大，有如「碩大的球」；茶花的紅，有如「熊熊的火」；茶花的豔，有如「炙

手」的熱；茶花的美，早已將人的眼睛「灼傷」了。從色到形、從花到人，均以「火」為譬喻，花的意象具體。

通篇以「火」為喻，字字都在「火」的熊熊之下噴薄而出，全詩頗有動態的美感。

（中國語文六〇〇期、二〇〇七年六月）

一九、海倫包爾茶花

將紅洗淨之後
添入冬的色彩
走錯時空、開錯季節的花
悄悄的立在晨裡

近距
她，高高在上
遠距
她，如在身旁
深深的紅裡有冷冷的靜

冷冷的靜裡有躍動的情
儼然的辦鑲在整致的花裡
雍容典雅
身世良好的貴族氣息
早已風靡

語解

將豔洗去，只剩純淨的紅之後／又加入閒雅的、沉靜的色彩／彷彿走錯時空、而開錯季節的山茶／亭亭的綻放在冬天的清晨裡

近距離欣賞她／感覺她高高在上似的矜持嚴整／遠距離欣賞她／感覺她如在身旁似的親切甜美／深濃的紅色裡，有清澈的鮮紅／清澈的鮮紅裡有活潑躍動的情致／整齊的花瓣，依序排在井然有致的花朵裡／雍容高貴、典雅大方／隱隱透出身世良好的貴族一般高雅的氣息／人們在山茶的跟前，早已爭相讚美

分析

海倫包爾茶花（Helen Bower），花色有時鮮紅、有時深紅，花型有時千重、有時玫瑰，屬於大型的山茶花。

「將紅洗淨」，使花色的紅，更爲鮮美；「添入冬的色彩」，使紅色的花，閒靜優雅。「深深的紅裡有冷冷的靜」，因此山茶的紅，鮮亮清澈，並無凝滯之感；「冷冷的靜裡有躍動的情」，因此山茶的美，不但清新，而且活潑。以色寫花，花在「儼然的瓣鑲在整致的花裡」，自然端莊。

「近距／她，高高在上」，矜持嚴整，逼人不敢正視；「遠距／她，如在身旁」，親切甜美，使人不禁移動腳步。「雍容典雅」，是人對山茶形貌的直覺；「身世良好的貴族氣息／早已風靡」，是人對山茶整體的讚美。有近距、有遠距、有深度的讚美，難怪山茶「早已風靡」。

本詩以紅寫色、以整寫形、以雅寫感；山茶的美，就在眼前！

（中國語文六〇四期、二〇〇七年十月）

二〇、天香茶花

想把自己隱藏起來
香
卻將早已蒞臨的訊息
一次再一次的向人
吐露

蟄伏已久的蜜蜂
遠從各地蜂擁而來
即使兩腳沾滿花粉
仍然把頭埋入蕊中

猛吸一口
即使飛得危危欲墜
仍然對著這朵粉得芬芳盈野的花
頻頻回首

沒有該或不該、行或不行
只要這朵形如彩蝶的翅膀展開
就是春天

語解

害羞的花，想把自己隱藏起來／但濃郁的香氣／卻將自己已經蒞臨、已經綻放的情景／彷彿藉著一陣又一陣的香氣，一次再一次的向人／吐露訊息

冬天蟄伏巢中，久已不曾外出的蜜蜂／不敵香的誘惑，不畏風寒的遠從各地蜂擁而來／即使吸得腆起肚皮，兩腳沾滿花粉／仍然意猶未盡的把頭埋入蕊中／再猛吸一口，含在嘴裡／即使已經飽得飛起身來，危危欲墜／仍然對著這朵粉得不忍離開視線、香得

遍野都是芬芳的茶花／頻頻回首

四季的運轉，沒有行或不行、該或不該的問題／只要這朵形狀有如粉色蝴蝶的茶花，
將好像翅膀的花瓣展開／就會使人感覺到，春天已經降臨了

分析

天香茶花（High Fragrance），香氣濃郁的牡丹花型；淺淺的粉色，邊緣有較深的粉紅，屬於中至大型的山茶花。

已經蟄伏的蜜蜂，居然不畏風寒、不辭勞苦的飛出巢來，只因山茶的香；已經飽得腆起肚皮，仍然把頭埋入蕊中，再猛吸一口，只因山茶的香；已經飛得危危欲墜的蜂，仍然頻頻回首，不忍離去，只因山茶的美。遠距以香敍其濃郁，近距則以美敍其迷人；山茶在蜂的側寫之下，早已芬芳撲鼻，清晰可見。

首段以香爲端，引入詩的主題；次段以蜂側寫，呈現茶花的香；末段則以形如彩蝶具象茶花的美，並以「春天」抒發人的感受；文字雖然平易，花卻頗爲不俗！

（中國語文六〇六期、二〇〇七年十二月）

二一、喬依肯得力特茶花

她

像浮於空中的雪，閃閃發亮
像秋裡明麗的楓，豔光如流
像雪潑在已經變色的楓上隨意妝點，斑斕多采
像楓佇立潔淨的雪地上下相映，兩景分明

上帝將紅白雙色拿在手裡
信筆塗抹
紅的、白的、斑的、紅白等分的花朵
同時迸在盎然的枝上
貪婪的人愈聚愈多愈擠愈前

只為看她一眼
見證美的傳奇

語解

喬依肯得力特茶花／白色的花，像浮於空中、停於枝頭的雪，在陽光之下閃閃發亮／紅色的花，像秋天紅色的楓葉，明媚亮麗，豔光逼人／白色而有紅斑或條紋的花，像雪在已經變了顏色的紅楓樹上，隨意妝扮點綴似的飄著、灑著，色彩繽紛／紅白各半的花，像紅楓站在皎潔的雪地，紅與白上下鮮明的輝映著

上帝將紅色與白色拿在手裡／信筆塗抹在茶花的枝上／鮮紅的、雪白的、白裡含著紅色斑點的、白與紅各自一半的花朵／同時在喬依肯得力特這棵茶花的枝上綻放了／好像貪婪似的渴望欣賞這棵茶花的人，愈聚集人愈多，愈推擠愈向花前／只是爲了看她一眼／見證美的傳奇似的，好好的欣賞這棵美麗的茶花

分析

喬依肯得力特茶花（Joy kendrick），花色白至淡粉，能開斑點、條紋、紅白等分或

全紅的花朵，屬於千重的大型山茶花。

「像浮於空中的雪」，指白的花朵；「像秋裡明麗的楓」，指紅的花朵；「像雪潑在已經變色的楓上隨意妝點」，指白裡有紅斑或紅色條紋的花朵；「像楓佇立潔淨的雪地上下相映」，指各自一半紅白分明的花朵。一棵喬依肯得力特，同時能開四種花色，因此時常叫人徘徊在她的跟前。

首段以擬人的「她」起筆之後，連用四個譬喻敍寫花的顏色；四個譬喻均以白色的「雪」與紅色的「楓」做爲主體，花有鮮明的意象。二段以上帝只是信手塗抹而已，花就開得這麼漂亮；如果上帝認真的作畫，喬依肯得力特不是美得難以想像嗎？以「只爲看她一眼」而已，人們就「愈聚愈多，愈擠愈前」了；如果想要好好的欣賞她，人們不是推擠得更厲害嗎？

兩個懸疑不定的手法，將茶花的美極度昇華之後，戛然而止，詩有想像的美感。有意象、有想像的詩，描寫有變化、有生氣的花，茶花正在這首詩裡輕輕的搖曳著！

（中國語文五九六期、二〇〇七年二月）

二三、慶祝茶花

將桃紅與棗紅融和之後
重新上色
清新而不輕浮、流暢而不流氣的花
有最大的密度
有最強的張力

簡潔的線條
已將多種的情態清楚的呈現了
明朗的花瓣
則把多樣的歡愉分明的細說了

這裡
克羅齊一再談論的冗長的美學語言，已是多餘
桑塔亞那用來定律的繁瑣的美感經驗，不必理會
因為

只要駐足
你就是美的權威學者

語解

將桃紅與棗紅兩種紅色融在一起之後／重新為花著上新穎的色彩／清新自然而不輕浮低俗、流暢明快而不流氣粗鄙的花朵／有最充實的美感／有最亮眼的美麗

簡潔俐落的線條／已將多樣的、令人著迷的情態，清楚的呈現出來／明朗大方的花瓣／則把多種的、令人喜悅的歡愉，分明的流溢出來／在這朵美麗的山茶花前／只要用眼欣賞也就夠了，克羅齊一再談論的冗長的美學語言，是多餘的／只要用心感受也就醉了，桑塔亞那用來定律的繁瑣的美感經驗，不必理會／因為

只要駐足、只要欣賞、只要感受／你就自然而然的滿口美的語言，你就是美學上的權威學者

分析

慶祝茶花（Jubilation），以千重或玫瑰的花型，開出亮麗而深淺適中的紅色花朵，屬於大型的山茶花。

首段「有最大的密度」，指充實的美感，值得一看再看；「有最強的張力」，指亮眼的美麗，將人的視野全面佔領了。二段，克羅齊的美學語言已是多餘，因爲只要用眼欣賞也就夠了；桑塔亞那的美感經驗不必理會，因爲只要用心感受也就醉了。以淺顯的學理，描寫深刻的美麗，詩裡的山茶，早已令人嚮往！

「有最大的密度」，卻以「簡潔的線條」來呈現；「有最強的張力」，卻以「明朗的花瓣」來細說，詩有抑揚、有跌宕。又，以「因爲」二字跨段，直接明示「已是多餘」與「不必理會」的懸疑；以「只要駐足」做盡而不盡的點題，詩有情致、有韻味。一朵茶花，就是一個美的世界，如果你還不曾有過真正的動心，請期待綻放在冬裡的山茶花吧！

（中國語文六〇一期、二〇〇七年七月）

二三、茱麗亞茶花

皎潔的白加入純淨的粉
粉在白裡勻成質實的透明的色
光在花的瓣上從容的來回
而紅
不甚經意的一抹
抹出突然飛臨頰上的羞

將紅的端整提去
只剩輕盈
輕盈的淺紫的紅，在輕揚的瓣上

輕輕浮起
而紅裡的白
已經渲成一幅隨意的潑彩

花，把春天開在冬際
簡單裡卻有最深奧的美
像蒙娜麗莎的眼
不管自東、自西、自南、自北
都是焦點

語解

有時在皎白的色裡，加入潔淨的粉紅／粉紅的粉在皎白的色裡，勻成可觸可感、通透明亮的色彩／陽光在花的瓣上慢慢的移動，將粉與白融和而成的色彩，照得晶瑩剔透／而顏色較深的紅／有如不甚經意的一抹／在花瓣的邊緣，抹出了突然飛臨頰上的羞似的紅暈有時將嚴肅的紅色提去／只剩輕盈的粉紅／略帶淺紫的輕盈的粉紅／在輕輕揚起的花瓣上／輕輕浮起似的，輕盈的著在花瓣之上／而粉紅的色裡，隨意妝點的白／已將整朵山茶渲染而成一幅隨興的潑彩

山茶，如把春景開在冬天似的綻放了／線條簡潔、色彩明朗的花裡，卻含有最深刻的美感，令人百看不厭／好像蒙娜麗莎凝視的雙眼／不管從東邊、從西邊、從南邊或從北邊的角度來欣賞她／她的那雙眼睛，都是人們注視的焦點

分析

茱麗亞茶花（Julia），有時粉紅、有時粉裡綴著白色的斑點，能開八重或玫瑰的花型，屬於中至大型的山茶花。

當「皎潔的白加入純淨的粉」時，整朵山茶輕輕的著上粉紅的色彩。陽光從花的瓣上穿過，粉紅的色彩頓時鮮麗明朗了起來。而花瓣邊緣較深的紅，在整朵粉紅的色裡，不甚經意的一抹，有如突然飛臨頰上的羞。

當「輕盈的淺紫的紅」裡，綴著白色的斑點時，山茶有如一幅隨意的潑彩。白色的斑點在粉紅的色裡，白得發亮、白得透明、白得將原本粉紅的色，映出一片透明的光來。

首段以粉紅、次段以粉紅綴著白色的斑點爲主，描寫山茶明麗的嬌嫩的美。末段則以蒙娜麗莎的眼，極寫山茶的美。因爲蒙娜麗莎的美，美在雙眼；而山茶的美，正如蒙娜麗莎的雙眼！

（中國語文六〇八期、二〇〇八年一月）

二四、佛那黎茶花

裁剪合度的圓
一瓣一瓣工整的排成一個大圓
端莊的美感
自心的圓、瓣的圓、花的圓逐層溢出
蕩漾在你我的心上

深濃的紅裡如網如渠的脈
猶如雙十年華吹彈得破的臉
青春的氣息
從微小的血管裡揮發了出來

可觸可感
堅持本色
只做自己
因為不跟流行，所以不退流行的花
從不孤獨

語解

如經巧手裁剪，而裁剪出大小合宜的圓／一瓣一瓣整齊的置於山茶之中，排成一個大的、圓的花朵／端莊恬靜的美感／自蕾心的圓點、花瓣的小圓、花朵的大圓，一層一層的流露出來／蕩漾似的將你我的心頭，整個佔領

有如水渠一般的網脈，有條不紊的布在深紅的花上／猶如年才二十，被吹、被彈就會裂開的嬌嫩的臉／青春躍動的氣息／從臉上的微血管裡，盎然的揮發出來／具體得可以用手來碰觸、來感覺

堅持原則／只將自己表現出來／因爲不跟流行、永遠不退流行的花／隨時都有駐足

欣賞的人，所以從來不會感到孤獨

分析

佛那黎茶花（Kathryn Funari），深紅的花裡有清楚的網脈，只開千重的花型，屬於大型的山茶花。

端莊的美感來自整齊的花朵，整齊的花朵來自裁剪合度的花瓣；自蕾心的圓、花瓣的圓到花朵的圓，整朵都是圓形的花，端莊自然不言可喻。每一朵花上的網脈，好像少女臉上的微血管，盡情的揮灑青春；而揮灑出來的青春，彷彿可觸可感一樣的具體；花的鮮麗、花的奔放，頓時全數傾瀉在字句之間。

首段以端莊寫花靜態的美，二段以青春寫花彷彿動態的美，這是客觀的描寫。末段則以「只做自己」，不隨從流俗，卻因美得令人驚嘆而「從不孤獨」，將人對花的感受，輕輕的點出，意趣雋永！

（中國語文五九九期、二〇〇七年五月）

二五、黃之蝶茶花

像一群躲在樹裡的精靈
只將小小的喇叭露出
嘹亮的明快的美麗
隨著清冽微寒的冬風
聲聲向人襲來

像偶而停在葉間的蝴蝶
作勢欲飛
如顫如振的翅膀
點點金黃

自綠得鮮綠、翠得青翠的枝椏上竄出
一片悠揚

不是很大，卻很多
不是很濃，卻很雅
這朵迷人的小花
是峻嶺的山谷，是沙漠的綠洲
就是可愛

語解

好像一群躲在樹上的小精靈／只將小小的喇叭露出樹外／有如嘹亮悅耳、明朗暢快的聲音似的美麗／隨著清澈微冷的冬風／一聲一聲向人襲來似的綻放美好的花朵

好像偶而停在枝葉之間的蝴蝶／做出想飛的樣子／有如正在顫動、正想振起的翅膀似的花朵／一瓣一瓣如金的黃色／從綠得非常新鮮、翠得非常清新的枝椏上竄出似的綻

放開來／大地一片悠揚似的明亮起來

不是很大，卻整株都是／不是很濃，卻很雅致／這朵迷人的小茶花／好像崇山峻嶺間、一處綠草平鋪的山谷，好像寸草不生的沙漠裡、一片生意盎然的綠洲／無論在什麼時候、從任何角度來看，都是可愛

分析

黃之蝶茶花（**Ki-No-Joman**），綻放淺黃色單瓣的小花，屬於迷你型的山茶花。

茶花好像攀在樹上的小精靈似的綻放了，手裡拿著小小的喇叭吹奏似的開出黃色的花朵。喇叭嘹亮明快的聲音，是茶花明朗怡人的美麗；而喇叭聲聲飄入耳際，則像茶花一朵一朵展現在人們的跟前。

茶花好像偶而停在枝葉之間的蝴蝶似的綻放了，瓣瓣金黃、如顫如振的翅膀似的朵朵鮮活。蝴蝶作勢欲飛的樣子，是茶花迎風隨意的招展；而蝴蝶自綠葉翠枝之間竄出，則是茶花滿樹競放的美麗。

大花雖然很美，但小花也別具姿彩，像紫丁香、像黃之蝶，一點也不遜色！

（中國語文六七一期、二〇一三年五月）

二六、大花小瑪瑙茶花

因為天冷
沉澱的紅愈積愈多
層層疊疊的堆在花上
如絨如毯

如絨如毯、可刮可取的色
乍看沉穩，其實輕盈
尤其在誤闖冬籬的春暉照耀之下
一瓣瓣舒捲有致的花
有如一件件寶石精彫細琢的藝術

而寶石上鮮潔的白欲躲還閃
早已在太陽光裡亮麗如洗

愈冷愈開花的梅，如能視為美談
愈冷色彩愈豔的山茶，則是神話
美在眼前的想像，可以想像無盡的美
由於山茶
終極的神話已成美麗的起點
年年綻開

語解

因爲天氣寒冷／紅得有如沉澱一般的紅色，紅入深色的紅裡／一層又一層的堆在花的瓣上／彷佛絲質的絨、毛呢的毯

彷佛絲質的絨、毛呢的毯，可以用刀來刮、用手來取的紅／乍看內斂沉穩，其實活潑輕盈／尤其在好像誤闖冬籬的春陽、冬天難得一見的陽光和煦的照耀之下／一瓣一瓣

舒捲自如、姿態優雅的山茶／有如一件一件由寶石精彫細琢、巧心設計的藝術／而鑲綴在寶石之上的白，白得閃閃發亮／早已在太陽光裡燦爛的自然的流轉

天氣愈冷，花開得愈多的梅，如能把它視爲美談／天氣愈冷，花色愈豔麗的山茶，則是神話／因爲只能想像的美，已在山茶的花上具體的呈現了；而從山茶具體呈現的美裡，更能想像出無窮無盡的美感來／由於山茶／有如神話，只能想像而不可捉摸的美，已經成爲可以具體欣賞的美的起點／因爲山茶年年如期的綻開，而美也年年具體的呈現了出來

分析

大花小瑪瑙茶花（Lonelian），有時深紅、有時鮮紅的色裡，常有白色的斑點，能開千重、玫瑰或牡丹的花型，花期很長，屬於大型的山茶花。

山茶的色，紅得好像沉澱一般的「層層疊疊」，紅得好像可坐可臥的「如絨如毯」。尤其在陽光之下，本來看似沉穩的色，頓時輕盈，且輕盈得「亮麗如洗」。山茶的形，只是「舒捲有致」而已，但此一自然的舒捲，看在欣賞者的眼裡，卻是「精彫細琢」，而且精彫細琢得有如寶石巧心設計的藝術一般，叫人一眼難忘！

天氣愈冷，花開得愈多的梅，只是花開得多而已，只是「數大便是美」——以「數大」取勝的美而已；山茶則在愈冷的天氣之中，愈能開出豔麗的花朵，因此詩以「美談」與「神話」，將梅與山茶鮮明的比較。又，本非人類所能窺知的「神話」，對人而言，已是「終點」；但此一「終點」卻因山茶的美，再度成爲一個美麗的「起點」——因爲山茶年年如期的綻放，「神話」自然也就年年具體的呈現出來了！

（中國語文六二四期、二〇〇九年六月）

二七、迪士茶花

不仰長天，不俯大地
每天如懸如掛的花朵
將荷蘭的風車移植過來
對著前方吹拂

吹走昨天仍然含苞的青澀
紅，染在已經如輪的瓣上
櫛比鱗次的與冬嬉戲
吹來紅得發粉、粉得發嫩的成熟
花上一點一點欲滴的嬌的豔

彷彿即將清脆
響起
響起年年悸動的欣喜

語解

不仰望天空，不俯瞰大地／每天垂直懸掛在枝葉之間的花朵／如將荷蘭的風車移植過來似的，綻著、開著／彷彿正在對著前方吹拂

吹走昨天仍然含苞待放的青澀／綻放的花朵，已將紅色深深的染在井然有序、有如輪狀的花瓣之上／與冬天嬉戲似的迎風招展／吹來紅得有如粉紅、粉得有如嫩紅的盛開的花朵／嬌豔欲滴的花朵／一點一滴的嬌的豔，彷彿即將掉落，而在地上響起／清脆的聲音

響起使人年年心動、年年期待的欣喜之情

分析

迪士茶花（L. T. Dees），除了間有白色斑點的變異之外，通常都開紅色的花朵；花瓣較狹較長，花型類似千重的蓮花，屬於大型的山茶花。

因爲花朵「每天如懸如掛」，垂直的懸在枝上，有如「荷蘭的風車」；因爲有如「荷蘭的風車」，所以每天不停的吹拂著，不但「吹走昨天仍然含苞的青澀」，而且也吹來了今天「紅得發粉、粉得發嫩的成熟」。成熟的花朵，嬌豔彷彿即將掉落，即將掉在地上而響起清脆的聲音，而悸動人們年年欣喜的賞花之情。詩從山茶的形的貌的感一路寫來，筆觸活潑，意趣酣暢。

以荷蘭的風車爲喻，以風車的吹拂爲題，詩在流轉的脈絡與雀躍的字句裡徜徉，動感十足！

（中國語文六〇〇期、二〇〇七年六月）

二八、瑪麗費瑟茶花

鏡頭無法容納的景
將視野全部佔領
白裡透紅的山茶拎著裙襬，大大方方的跳起舞來
一朵一個俏麗
冬裡相約前來山頭
比美

大，只是普通的語彙
極致，才是她的專有名詞
矯健的枝翩然挺立

碧綠的葉迎風招搖
今年過後
花
明年仍將嶄新的極致的綻放
精彩

語解

美得連相機的鏡頭，都無法容納進去的花／將視野全部佔領似的，把人的目光整個吸引住了／白裡透紅的粉白的山茶花，好像拎起裙襬，大大方方的跳起舞來似的，瓣瓣捲起／一朵一個俏麗的景／在冷冽的寒冬裡，相約前來山頭／爭妍鬥麗

對瑪麗費瑟來說，大，只是一個普通的語彙而已／美得極致，才是她的專有名詞／矯健挺拔的枝幹，翩然優雅的站著／青翠碧綠的葉子，迎風輕巧的搖著蕩著／過了今年／花／明年仍將以嶄新的姿態、極致的美感，再次精彩的綻放

分析

瑪麗費瑟茶花（Mary Fischer），粉得幾近於白色的粉紅；以多蕊的牡丹型爲主，偶而也會開出玫瑰的花型，屬於大至巨大的山茶花。

因爲大，所以不但「鏡頭無法容納」，而且還「將視野全部佔領」。因爲美，所以「大，只是普通的語彙」，「極致，才是她的專有名詞」。因爲年年如此，所以「今年過後／花／明年仍將嶄新的極致的綻放」。又大、又美、又年年如此的花，值得一看再看、一賞再賞。

本詩以極寫融入誇飾的手法，將花的美、的大、的恆，整個袒現在字句之間，希望你看了這首詩後，也能前去欣賞這一株花。

（中國語文五九八期、二〇〇七年四月）

二九、黑鳥茶花

芽
競從茂密如疊的舊葉之間抽出
盎然參差
像一隻隻企想學飛的鳥
戰戰危危的踩在梢頭
展翼

不必說花如遠來過境的小候鳥
暫時憩在枝上含苞待放
不必講深紅如墨的花

有如浴於火中的小鳳凰
剛烈的把頭舉向長空
吐露春景

僅僅幾枝才剛長出的嫩芽
冬天已經過了

語解

新芽／競從茂密得層層疊疊的舊葉之間，抽長出來／長長短短，參參差差／好像一隻隻心想學飛的小鳥／戰戰兢兢的、恐恐懼懼的踩在梢頭之上／展開翅膀

不必再說這株山茶的花，有如從遠地前來過境的小候鳥／暫時停在枝頭休息似的含苞待放／不必再講深紅如墨的花朵／有如浴於大火之中的小鳳凰／剛烈的把頭舉向空中／吐露春景似的，綻放出美麗的花朵

僅僅這幾枝才剛萌長出來的嫩芽，冬天已經過了似的／大地頓時充滿了春天的氣息

分析

黑鳥茶花（Molosaki），以重瓣的花型，開出深紅如墨的花朵，屬於迷你型的山茶花。

首段「像一隻隻企想學飛的鳥」，以「鳥」爲喻，描寫新芽；新芽競相萌長，「盎然參差」得有如停在梢頭展翼的鳥，仍然以「鳥」爲喻。二段「不必說花如遠來過境的小候鳥」，含苞待放；以「鳥」爲喻，供人想像。「有如浴於火中的小鳳凰」，剛烈的把頭舉向空中綻放，仍然以「鳥」爲喻。

本詩以「鳥」爲喻，描寫山茶萌長新芽時，充滿「盎然參差」生氣的情景。因爲「僅僅幾枝才剛長出的新芽／冬天已經過了」，所以山茶花的美，不言可喻，頗能令人期待！

（中國語文六〇一期、二〇〇七年七月）

三〇、玫瑰蒂茶花

逐漸把色加深
深到辦的邊緣已成嬌嫩的紅
然後將紅減去
減到花心已成初雪潔淨的白
紅與白
在花的辦上自如的游移

像渾圓的音符
在坡度平緩的丘上輕輕彈奏
像自然的四季
在綠了又紅、紅了又綠的原野上

不動聲色的上演
彷彿玫瑰而又勝似玫瑰的茶花
正在盛綻的冬裡
翩翩起舞

眼
沿著美麗的夢幻忘情
而微醺的美感
頓時騰湧

語解

花瓣由內而外逐漸加深顏色／加深的顏色到了花瓣的邊緣，已經變成嬌嫩的紅色／然後由外而內依次遞減／減到花的蕊心，已經變成初次下雪時潔淨的白色／粉紅、紅和白色／在花瓣之上自由自在的游移一般，漸層的增減

好像渾圓的音符／在坡度平緩的山丘上，輕輕的把美彈奏／好像自然運行的四季／

在綠了又紅、秋天又成春天，不斷變化的原野上／靜悄悄的，不動聲色的上演著／花型彷彿玫瑰，卻比玫瑰更美的茶花／正在到處盛開的冬季裡／翩翩起舞似的綻放著眼睛／沿著美麗的、有如夢幻一般的茶花，忘了自己似的迷醉著／而令人感到醺然醉意的美感／頓時洋溢在心裡，在大地之上

分析

玫瑰蒂茶花（Nuccio's Cameo），向上性強的植株，能開千重或玫瑰的花朵，花色由粉紅至珊瑚紅，屬於中或大型的山茶花。

玫瑰蒂茶花的美，美在整朵由蕊心至瓣緣，有如自如游移的色澤，整朵呈現渾然的漸層。尤其在陽光之下，隨著亮度的強弱，也會在花上形成不同的美感。單色的花朵如此，至於變異的玫瑰蒂，不但花色較濃，而且在花上點綴著白色的斑點，更使花朵顯出動人的生趣。

如果天氣夠冷，玫瑰蒂會將顏色加深，深到整朵變成單一的紅色；如果天氣變熱，玫瑰蒂的顏色會自然遞減，減成嬌嫩的粉色。不管單一的紅色或嬌嫩的粉色，玫瑰蒂游移的色澤，正如自然流轉的音符，美感洋溢！

三一、牡丹皇后茶花

縐縐的薄薄的紗
輕輕的捏的彎的拉的捲
乍看假得很真、其實真得很假的花
玲瓏的豐腴的擎起一球
紫色的浪漫

嬌嫩、嬌柔、嬌美、嬌豔
不同的角度有不同的喜悅，不同的喜悅則有
各自的堅持
針鋒相對

除非暫時忘卻自己
否則很難在造物者深邃的眼底
一一品賞

當盛裝的克麗歐佩特拉自歷史的傳說中走出
重新喚起人們美麗的記憶時
牡丹皇后正以合度的穠纖等著候著
一起宣告
春已來臨

語解

縐得如紋，薄得如紗／好像用手輕輕的捏、輕巧的彎、輕細的拉、輕盈的捲起似的／乍看之下，假得好像是真的；仔細端詳之後，才知道真實得很像是假的山茶／玲瓏有致、豐腴飽滿，有如用力擎起似的／綻放一朵紫色的、浪漫的、球形的花朵

將嬌嫩、嬌柔、嬌美、嬌豔同時集在身上，風情萬種的花／從不同的角度欣賞，就

能得到不一樣的喜悅；每個人都堅持自己欣賞的角度、自己得到的喜悅，才是山茶真正的美／人們爲了誰說的才對而彼此爭辯、互不相讓／除非能夠暫時擱下自以爲是的一隅之見，而同時從各個角度來欣賞／否則很難自造物者深邃的眼底，得知造物者創造這朵花時，早已賦予多種而又多樣的美感。

當名爲克麗歐佩特拉的山茶，盛裝的豔麗的從古老的羅馬歷史中走了出來／重新因爲聯想而喚起人們美麗的記憶，而即將綻放在人們的跟前時／牡丹皇后正以合度的穠纖、高尚的時髦打開花瓣／一起宣告春天已經來臨似的／先後綻放開來

分析

牡丹皇后茶花（Peony Queen），紫紅的色、能開全牡丹球形的花朵，屬於巨大型的山茶花。

「縐縐的薄薄的紗」，是花瓣的質感；「輕輕的捏的彎的拉的捲」，是花瓣的形狀；「玲瓏的豐腴的擎起一球」，是花朵的形狀；「紫色的浪漫」，是花朵的顏色。至於「乍看假得很真、其實真得很假的花」，則是人們對於這朵真實得好像是假的山茶，直接欣賞的印象。

人們直接欣賞的印象是「真得很假」，但待仔細端詳之後，卻因各人的角度不同、各人欣賞的認知有別，而只能從「嬌嫩、嬌柔、嬌美、嬌豔」萬種的風情之中，各自得到一隅的喜悅，且以這種喜悅自以爲是的認爲，自己欣賞的角度、自己欣賞的眼光才是正確的，而針鋒相對，而爭辯不休，而無法將整朵山茶多變的情態，一一品賞。這種情形，乍看是人們欣賞時的迷失，其實正是山茶多樣的美，美得令人無法全面的欣賞！

較早開花的牡丹皇后，已經美得叫人眼不勝收，何況即將綻放的埃及豔后，馬上就要登場！誰說冬冷的「春天」，不會比春暖的春天，更美？

（中國語文六二一期、二〇〇九年三月）

三二、珍珠毯茶花

白，柔柔的
像一隻忘了世界、也忘了自己的小鳥
悄悄的倚在清逸有型的枝葉上
享受一個全然寧靜的空白

白，柔柔的
有如一個自燃的光體
隱隱的發出迷離的光芒
起伏有致的瓣
已在光下連成一條嫣然的曲線

將美定義
一種色彩，五片花瓣
一朵端詳不盡的山茶
任你驚喜

語解

皎潔的、柔美的白色山茶／好像一隻忘了世界、也忘了自己的小鳥似的綻放開來／悄悄的停在清新飄逸、且層次分明的枝葉之間／獨自享受全然寧靜的時空、獨自開在與世無爭的冬裡

皎潔的、柔美的白色山茶／有如一個可以自己發光的光體／隱隱的散發出迷離的、且迷濛的白色光芒／起伏有致的、弧度優雅的花瓣／已在白色的光芒之下，一瓣一瓣連成一條嫣然的曲線、連出一朵清麗的山茶／將美的定義做了最好的詮釋

只有一種色彩，只有五個花瓣／卻讓人欣賞不盡、贊嘆不已的山茶花／瞧見一次，永遠驚喜

分析

珍珠毯茶花（Quintessence），以迷離的潔白，開出單瓣的花朵，很香很美，屬於迷你型的山茶花。

近看，山茶有如一隻隻與世無爭的小鳥，悄悄的倚在枝葉之間；而層次分明、清新淺綠的枝葉，已將紛擾的世界隔開，只剩一種恬靜離塵的感覺。看看花、看看枝葉，這裡真的只有「全然寧靜的空白」。

遠看，白色的山茶白得有如一朵正在發著光的光體，彷彿許許多多的白色的光芒，正在這朵起伏有致、曲線嫣然的花上參參差差；有些迷離，卻全然的真實。

本詩以小鳥寫形，以光體寫色，以「任你驚喜」寫「欣賞不盡」的美感，令人嚮往！

（中國語文六〇三期、二〇〇七年九月）

三三、羅蘭茶花

花
從樸實的橢圓的葉間翹起頭來
有如浮在森林之上的城堡
皎潔的耀眼的白
自蕊的底部升起
燦爛如陽
陣陣逼人

寧願為底為襯為背景
卻在五顏六色之中熠熠生輝

不用修飾不用掩飾不用妝飾
卻娉婷展現獨特的風格
帝俄的王族為了彰顯非凡的品味
赴宴時把花佩在胸前
韋瓦第的茶花女為了象徵不渝的愛情
整天對著花詠唱
你，白色的山茶
不用言說
已是經典

語解

羅蘭山茶花／從渾厚的、橢圓的枝葉之間，翹起頭來似的綻開了／花在綠色的枝葉頂端，有如建在森林之上的城堡／皎潔的白，耀眼奪目／好像太陽一般，自花蕊的底部緩緩升起／陣陣逼人，逼人不敢近視

寧願做爲底色、做爲襯托、做爲背景／卻在五顏六色之中閃亮生輝／麗質天生，不

用修飾；潔白無瑕，不用掩飾；渾然天成，不用妝飾／花卻美好的展現出自己獨特的風格／帝俄時期的貴族，爲了彰顯不凡的品味／赴宴時必在胸前佩戴一朵白色的山茶／韋瓦第歌劇中的茶花女，爲了表明堅貞不渝的愛情／整天對著山茶花詠著、唱著／你，白色的山茶花／不用言語來說明／已經是大地之上經典的花朵了

分析

羅蘭茶花（Ragland Supreme），潔淨的白色，有千重與玫瑰兩種花型，屬於中至大型的山茶花。

首段花開在綠葉的頂端，「有如浮在森林之上的城堡」；花皎白的色，「燦爛如陽」；這是譬喻。二段以帝俄的王族赴宴時，必佩茶花；韋瓦第歌劇中的茶花女，對著茶花詠唱堅貞的愛情，鋪陳茶花的美，這是側寫。首段以譬喻極寫茶花的白，二段以側寫極寫茶花的美，花有渾然的意趣。

羅蘭茶花因白而美、因美而成爲大地花朵的經典；這朵花在這首詩裡，正耀眼的、燦爛的開著！

（中國語文五九八期、二〇〇七年四月）

三四、薩華達之夢茶花

不甚經意的紅，不很在乎的白
花在紅與白之間徘徊

彷彿才剛睡醒的少女
頰上淺淺的色
轉眼之間泛了開來
似有若無的紅
是稚氣未脫的少女，偶被青春渲染的嬌柔
如果未曾注意
則將以為還是從前賴在母親身旁的小孩

整朵純白
玲瓏的美在翡翠的枝上展開
一瓣一瓣都含著羞帶著怯
即使匆忙的走過，也必猛然的憶的想：
這朵山茶……

語解

不很經意似的隱隱約約的紅，不很在乎似的朦朦朧朧的白／花在迷濛的紅與白之間綻放了

彷彿才剛睡醒的少女／本來白皙的頰上，浮起淺淺的粉／淺淺的粉在轉眼之間，迅速的泛了開來似的，暈滿整個臉上／似有若無的粉紅／是稚氣未脫的少女，偶被青春渲染的嬌柔的色／如果不曾注意／則將認爲少女臉頰似的粉紅的花，還是從前賴在父母身旁的女孩一般／整朵都是纖塵不染的純白

玲瓏輕盈的美，在綠如翡翠的枝上展開／一瓣一瓣都像含著羞、帶著怯一般的嬌柔／即使匆匆的走過，也必然留下深刻的印象，也必然會不由自主的想起／這朵美麗的山茶……

分析

薩華達之夢茶花（Sawada Dream），粉得如白的色，能開千重的花，屬於中型的山茶花。

「不甚經意的紅」，紅得隱隱約約；「不很在乎的白」，白得朦朦朧朧。乍看是白，其實是紅；但待仔細的觀察，愈看反而愈成皎潔的白色。因爲粉得太淡，而白得太淺，所以到底是白、還是粉，就在眼前的恍惚之中，變幻不定。

是粉，有如「才剛睡醒的少女」，本來白皙的臉上，泛起微微的紅，像才被青春渲染的含羞帶怯的色。是白，有如「從前賴在母親身旁的小孩」，臉上滿是稚氣未脫的色。因爲粉得如白，無法一眼辨認，所以花在稚氣與青春之間，顯得更美。

本詩純以顏色寫花，但花卻在紅與白的恍惚之中，輕輕浮了出來。

（中國語文六一六期、二〇〇八年十月）

三五、香神茶花

時間
在花的瓣上著色
一筆一筆繪出冬的風采
有如將人美麗的記憶再次呈現的蕾
開了

綯綯的褶，褶出熱力奔放的浪漫
是西班牙舞者舞動的裙
淡淡的香，香出幸福初臨的氛圍
是維納斯微微吐出的氣

豐腴的臉頰映在綴滿珠露的草上
草害羞得臉都紅了
風
為了向她示意
也從遠地奔了過來

語解

時間／像在花的瓣上著色／一筆一筆繪出冬的風采似的，經過長達數月的孕育，茶花已經到了綻放花瓣的時候了／有如將人從前因爲欣賞美麗的茶花，而留下印象深刻的記憶重新開啓似的，茶花的花蕾／已經綻放了

花瓣邊緣蕾絲一般縐縐的褶痕，洋溢著熱情奔放的浪漫／彷彿西班牙舞者跳舞時，飛舞飄動的裙襬／淡淡的芬芳，充滿幸福初臨愉悅的氣氛／彷彿美的女神維納斯微微吐露出來的氣息／飽滿的紅色的花瓣，映在綴滿露珠的草上／草害羞得臉都紅了似的，變成了與花相同的顏色／風／好像爲了向花表達情意／也從遠處急急的吹了過來

分析

香神茶花（Scentsation），以牡丹的花型，開出銀粉略帶微香的花朵，屬於中型的山茶花。

「時間／在花的瓣上著色」，指花經長達數月的孕育，已經成熟了；「美麗的記憶」，指從前曾經看過此花的美好的經驗。「豐腴的臉頰」，指飽滿的花瓣；「草害羞得臉都紅了」，指草因映上花的顏色而變紅了。首段寫花的美，二段則以正寫加上側寫的手法，將花美的情形，詳詳細細的描繪了出來。

時間在花上著色、花將人的記憶打開、花緣是奔放的浪漫、花香是女神吐出來的氣、花瓣映得草都變了顏色，連風也從遠地奔了過來向他示意。全詩從頭到尾，均以動的情態敘寫，彷彿靜態的茶花，正在動態的筆下綻開著！

（中國語文五九六期、二〇〇七年二月）

三六、甜香水茶花

即使濃郁
裝在瓶裡的香水有如漸褪的顏色
越變越淡
即使芬芳
沒有生命的香水有如單一的音符
越聽越煩

朵朵徜徉枝頭、盡情歡愉的茶花
初聞好似晨起才綻的曙光
陣陣驚奇

細聞彷彿和煦明亮的冬陽
眼前一片開朗
深深的一吸，則像繽紛迤邐的彩霞
氛圍正在大地瀰漫
就是毫不為意的路過
香，仍然深情的著在心底
時時浮現

何況
皎白如雪、蜿蜒有致的茶花
正以渾圓的、燦爛的笑容
迎風招展
迎接你的到來

語解

即使濃郁的香水／因爲裝在瓶子裡面，所以香氣有如逐漸褪去的顏色／只會越來越淡／即使芬芳的香水／因爲沒有生命，所以香氣有如單一的音符／只會讓人越聽越煩似的感到乏味

一朵一朵綻放在枝頭之上，盡情歡笑、盡情暢娛的茶花／初聞好像早晨才剛吐露的曙光／香氣一陣一陣的飄來，使人感到驚奇／細聞彷彿和煦的、明亮的陽光／使人眼前感到一片開朗似的，滿心歡喜／深深的一吸，則像絢麗多彩、迤邐相連的彩霞似的，香氣到處瀰漫／就是毫不在乎路過的人們／茶花的香，仍然深情似的附著在他們的心上／時時浮現一般的，隨時都能聞到

何況／皎白有如白雪、蜿蜒而又雅致的茶花／正以渾圓美麗的、燦爛歡娛的笑容／迎風招展似的／迎接你前來欣賞

分析

甜香水茶花（Scentuous），綻放有如球狀的花型，極香，屬於迷你型的白色茶花。

甜香水茶花的香，因爲開在枝頭之上，所以香得自自然然，香得使人聞見生命的喜悅。最好的香水，一定是從花草提煉而來；從花草提煉而來的香氣，本來就難以和花草的香氣相比，何況茶花的香氣，遠遠勝過香水所選用的花草！

我喜歡茶花的香氣，隨時從窗口飄了進來；我喜歡在行經的路上，香氣突然沁入心底；我更喜歡沐浴在芬芳的香氣裡，將每一個禁錮的毛孔打開，恣意享受茶花的洗禮。大型茶花的香氣很淡，但仍然令人心儀；至於迷你茶花的香氣，早已使我心醉！身而爲人卻沒有這種美妙的經驗，可惜！

（中國語文六七〇期、二〇一三年四月）

三七、天鵝湖茶花

閃電厚實的光
聚在枝頭
細雨漂洗
洗出久被遺忘的
純潔

花
溢入結凍的空氣
一瓣一瓣展開了
桃花的嬌、牡丹的冶、黃菊的媚、冬梅的傲

不理
獨以自信的風采
每天與驚嘆的眼睛
相碰

語解

閃電厚實的、潔白的光／凝聚在枝頭之上，開出花來／綿綿的細雨，輕輕的漂洗／把花朵洗出久被人們遺忘的／純潔的白色

花／一瓣一瓣擠進冬天似乎已經結凍的空氣裡／一瓣一瓣的綻放開來／桃花粉紅的嬌、壯丹誘惑的冶、黃菊遍地的媚、冬梅經霜的傲／茶花不予理睬／獨以自信的風采，展現不俗的自己／每天與人們驚豔讚嘆的眼睛

相碰相看，贏得美名

分析

天鵝湖茶花（Swan Lake），以皎潔的白色，開出千重、玫瑰與牡丹三種花型，屬於大型的山茶花。

「閃電厚實的光／聚在枝頭」，極寫茶花皎潔的白；「花／溢入結凍的空氣／一瓣一瓣展開了」，極寫花在寒冬綻放的情形；這是誇飾又含轉化的寫法。

「細雨漂洗／洗出久被遺忘的／純潔」，以細雨洗出象徵純潔的白色；「獨以自信的風采／每天與驚嘆的眼睛／相碰」，以驚嘆的眼睛側寫茶花的美；這是具體表達抽象意念的寫法。

至於「桃花的嬌、牡丹的冶、黃菊的媚、冬梅的傲／不理」一節，則以各具姿色的桃花、牡丹、黃菊、冬梅來烘托茶花的美，使詩的主題茶花更爲脫俗。又，以「不理」二字比下嬌的桃花、冶的牡丹、媚的黃菊、傲的冬梅；以「相碰」二字，跨段極寫茶花不與俗流的風采；文句雖然短截，茶花的美卻很鮮明。

（中國語文五五七期、二〇〇三年十一月）

三八、芙蓉香波茶花

一朵、兩朵、三朵……
繽紛的夢幻的粉紅
綴在薄得透明的晨霧上
飄搖

粉色的紅
自潔白的紗上暈出
乘著輕漾的微風
彷彿浮在水波之上的漣漪
渲染一地的浪漫

又如春神怯怯的腳步
從無邪的童話的心底
湧起陣陣遐想

小心，別踩到美感
纖纖細細柔柔長長的枝條
正以輕盈的悠揚的優雅
將美拂出

語解

一朵、兩朵、三朵……無數的小茶花／正以繽紛多彩的、如夢如幻的粉紅／點綴在枝葉之間，綻放在薄得透明的晨霧裡／隨風飄搖

粉紅色的花朵／從潔白如紗的霧裡暈了出來／乘著微風輕輕的蕩漾著／彷彿浮在水面之上的漣漪一般／將大地渲染成一片醉人的浪漫／又如春神來臨時，怯怯生生踩下的腳步／從天真無邪的、童話無機的心裡／湧起一陣一陣美麗的遐想

小心，不要踩到充滿美感的花朵的影子／茶花纖細柔長的枝條／正以輕盈飄逸，悠揚怡人的優雅／將美呈現出來

分析

芙蓉香波茶花（Sweet Emily Kate），性喜旁伸的枝條，以粉紅或粉白的花色，開出牡丹型的花朵，屬於迷你型的香茶花。

細雨綿密或若有若無的陰雨天裡，是茶花最美的時候。此時前去賞花，花朵盎然的美感整個洋溢，不用擔心炙陽之下，茶花無精打采的樣子。尤其在有霧，而且薄得透明的霧裡，更有一分童話似的夢幻之美。

芙蓉香波雖然只是一種常見的茶花，但卻絲毫不減人們對它的喜愛，只因它的花型美麗、它的色澤迷人，它的花朵一旦展開，每天均以數十朵、甚至百朵以上，同時綻放在枝椏之上，使人美不勝收，目不暇給。因爲芙蓉香波的植株強壯，花朵數多，所以值得栽種。

三九、明日公園茶花

瓣，像隨著音符揚起的裙
輕盈的在旋律之間旖旎

無拘無束的起的落的旋的轉
彷彿揮灑不完的熱力
盡從粉的瓣上洋溢出來
無機無心的白
則於粉的瓣上綻開
彷彿一朵一朵才剛出岫的雲，望著遠天
想飛

畫筆無法調配的美
正在這朵明亮開朗、歡愉如雀的山茶呈現
偶然的邂逅，卻是懸想的開始
從此年年期待
冬的來臨

語解

花瓣曲折有致的弧形，好像隨著音符翩翩起舞的裙襬／輕盈的在旋律之間，如波如紋的把美麗揚起

無拘無束的起落旋轉，盡情浪漫／彷彿熱力十足、揮灑不完的青春／正從粉紅的瓣上，源源不絕的洋溢出來／無機無心的白，皎潔明亮／則在粉紅的瓣上綻放開來／彷彿一朵一朵才從山頭掙出的雲，望著遠天似的／作勢想飛

畫筆無法調配出來的美麗的顏色／正在這朵亮眼明朗、歡愉雀躍的山茶花呈現出來／即使只是偶然的瞧見，欣賞美景悸動的心，也早已高高懸起／因爲從此之後，你將年

年期待冬的來臨／期待冬天能再一睹這朵美麗山茶的風采

分析

明日公園茶花（Tomorrow Park Hill），軟紅色的花、邊有深深的粉，能開玫瑰、牡丹或散八重的花型，屬於大至巨大的山茶花。

「瓣，像隨著音符揚起的裙」，指花瓣曲折有致的弧形，如從高高低低的音符、演奏出來的旋律一般。「無拘無束的起的落的旋的轉」，指彷彿旋律起伏一般「亮麗開朗」的花瓣，又像翩翩起舞的裙襬，在起落、在旋轉之間，浪漫的、青春的熱力，源源不絕的從花上迸放出來，這是動態的描寫。

「彷彿一朵一朵才剛出岫的雲」，指花瓣一片一片，有如一朵一朵才從山頭掙出的雲，纖塵不染。「望著遠天／想飛」，指纖塵不染的花瓣，有如作勢想飛的雲；曲折有致的形，則像展開翅膀的鳥，所以末段才以「歡愉如雀」的想像兩相呼應，這是靜態的描寫。

詩以旋律、以起舞動態描寫底層粉紅的花瓣，以白雲、以想飛靜態描寫上層皎白的花瓣；粉白上下相映，如詩、如畫、又如樂的山茶，也許可以將我們久已忽視的美感，重新尋回！

（中國語文六一七期、二〇〇八年十一月）

四〇、情人節茶花

中箭的第凡內與大桃紅
每當二月的情人節一到
就會開出愛的花朵

千重百重的辦，疊出端端莊莊的容
端端莊莊的容
不動聲色自有按捺不住的美
有時將辦俏皮的蜷曲
辦辦蜷曲的花，勝似仲夏盛開的玫瑰
活活潑潑的情

早已躍動每一顆曾經瞧見的心
也許在深濃的紅中點綴幾許白色的斑點
白在紅裡浪漫的溢開了
奔奔放放的豔，則將愛的火苗
瞬間燃起

只有這一次
邱比特的箭準確無誤

語解

好像中了愛神邱比特的箭一般，經由第凡內與大桃紅孕育而成的情人節茶花／每當二月的情人節前後／就會開出愛的結晶似的、令人驚嘆的花朵

有時所有的花瓣疊在一起，工整的排成一朵端莊典雅的花朵／端莊典雅的花朵／不必言語解說，就有一種無法抑制的美，自然的流露出來／有時花瓣俏皮似的捲成波浪的形／一瓣一瓣捲成波形的山茶／比仲夏之間盛開的玫瑰更漂亮／花上活潑洋溢的情致／

早已讓每一個曾經駐足欣賞的心，雀躍似的感動起來／有時在穩重的深紅色裡，綴上幾許白色的斑點／白色的斑點在穩重的深紅裡溢開了，溢出浪漫的氣氛／熱情奔放的美麗，好像已將愛的火苗／瞬間點燃似的，豔光逼人

只有這一次／愛神邱比特的箭準確無誤的，將第凡內與大桃紅孕育而成這朵新的品種——情人節茶花

分析

美國茶花專家以第凡內（Tiffany）為父株，以大桃紅（Crimson Robe）為母株，孕育而成新的品種——情人節（Valentine Day）。情人節有千重、玫瑰、牡丹三種花型，有深紅與點綴白色斑點兩種花色，屬於大型的山茶花。

「中箭的第凡內與大桃紅」，指經由第凡內與大桃紅配種而成；「每當二月的情人節一到／就會開出愛的花朵」，指花期在每年的二月；「千重百重的瓣」，指千重的花型；「瓣瓣蜷曲的花」，指玫瑰的花型；「不動聲色自有按捺不住的美」，指茶花的美，令人喜悅；「則將愛的火苗／瞬間燃起」，指茶花的美，令人感動；「邱比特的箭準確無誤」，指配種培育出來的茶花，的確很美。

首段以中箭敘寫情人節的由來與開花的時間；二段以花型有千重百重的千重與瓣瓣蜷曲的玫瑰、花色有穩重的深紅與點綴白點的斑紅，敘寫情人節開花的情形；三段則以「邱比特的箭準確無誤」回應首段，收結全詩；花的意象，頗為鮮明。

本詩以「中箭」，敘寫情人節的由來；以「則將愛的火苗／瞬間燃起」，緊扣情人節的「情人」二字；以「邱比特的箭準確無誤」，回應「中箭」全詩的主題。茶花的美，如在眼前。

（中國語文五九八期、二〇〇七年四月）

四一、威力奴生茶花

像祈禱
像期待
怡然的恬靜
靜靜的佇立在寒冷的冬裡

如夢如幻的紅的紫，自如的在花的瓣上流連
端莊與亮眼
齊在這朵花上招展
晨露無法附會風雅
薄霧只能烘托背景
貪婪的眼睛、喧嘩的讚美再多

它，仍然一派自然，自自然然
即使蒙娜麗莎迷人的微笑
也嫌虛假

無心爭奇，無意鬥豔
典雅的美麗的臉龐
就是真
真得進入不凋的永恆
誰說美善才是唯一的標準

語解

好像正在祈禱／好像有如期待一般／怡然自得的恬靜／靜靜的佇立在寒冷的冬裡，不染一點塵煙
有如夢幻的紫紅色，自如的在花瓣之上流轉似的變化／端莊的美，亮眼的麗／同時在這朵花上呈現／晨露無法附會，因爲它太高雅了／薄霧只能烘托，因爲它太脫俗了／

人們欣賞得有如貪婪的眼睛，讚美得有如喧嘩的言語再多／它，仍然自自然然的站在那裡，好像一切都和它無關似的／蒙娜麗莎的微笑再美／在它的面前，也讓人覺得虛假

美得自然的它，不想和人爭爭鬥豔／它典雅的氣質、美麗的臉龐／真實的將美呈現／真實的美，美得好像永不凋謝一般／至於人間的美與善，早已無關緊要

分析

威力奴生茶花（Valley Knudsen），以八重的花型開出略帶紫紅色的花朵，花瓣穩定寧靜，屬於大型的山茶花。

威力奴生的花朵一旦吐露，就忘情的展開，有如忘了凋謝似的進入永恆一般。是厚實的花瓣，還是穩定的花型，使它看起來有如塑膠的假花，卻又洋溢著濃郁的美感呢？人們很難分辨。

每一種茶花都有它的個性，都有相應個性的人們欣賞。如果要我在諸多的茶花裡，選出一朵最寧靜的花朵，則非威力奴生莫屬。因爲這一朵花，怡然自得而又不染人間的喧嘩。在它的面前，你自然可以滌除多餘的塵慮，你自然能夠靜下心來彼此感應。也許你不相信，但我卻能預知：有朝與它相遇，將是一場美麗的邂逅！

四二、比爾美人茶花

不是嘮嘮叨叨的反反覆覆
不是支支吾吾的斷斷續續
不是喧喧擾擾的零零落落
山茶花上成斑成點的紅與白
正是米蘭年度最時尚的
設計

成斑成點的紅與白，像一起協奏的管絃
低詠的紅裡，有此起彼落的白
應和

容光煥發的紅，在熱力洋溢的白前
頻頻點頭
至於相依相隨的紅與白，則已譜出
如歌的行板
深情對話

穿在潮流尖端的米蘭色彩
正在這朵花上
盡情揮灑

語解

不是說個不停似的，將色彩反覆的塗抹／不是欲言又止似的，將色彩斷續的點畫／不是喧鬧吵雜似的，將色彩零亂的潑灑／山茶花上紅的、白的斑點／有如該年度裡義大利米蘭的時裝設計／最時尚的色彩

花上紅的、白的斑點，和諧得好像一起協奏的管樂與絃樂／在低聲詠唱的管樂似的

紅色裡／就有此起彼落的絃樂似的白色／互相應和／悠揚明亮的管樂似的紅色／在熱力洋溢的絃樂似的白色面前／頻頻點頭似的相應相和／有時像管樂與絃樂同時發聲、相依相隨似的紅色與白色，則已奏出／有如歌唱一般的旋律／好像紅色與白色正在深情的對話一般。

像走在潮流的尖端，米蘭最時尚的色彩／正在這朵美麗的花上／盡情揮灑似的綻放開來

分析

比爾美人茶花（Veelled Beauty），紅色帶有白色的斑點，能開千重與玫瑰兩種花型，屬於大型的山茶花。

首段以「嘮嘮叨叨」的說話，描寫反覆塗抹的色彩；以「支支吾吾」的說話，描寫斷續點畫的色彩；以「喧喧擾擾」的說話，描寫零亂潑灑的色彩。以三種說話的方式，描寫三種一般的色彩，立意新穎。

次段以「低詠的紅裡，有此起彼落的白／應和」，描寫恰好美麗的色彩；以「容光煥發的紅，在熱力洋溢的白前／頻頻點頭」，描寫熱情奔放的色彩；「至於相依相隨的

紅與白，則已譜出／如歌的行板」，描寫整齊相應的色彩。以三種協奏的方式，描寫三種山茶的色彩，譬喻得體。

末段則以「穿在潮流尖端的米蘭色彩」，回應首段「正是米蘭年度最時尙的／設計」，詩的主題鮮明，而花鮮麗的色彩，也再一次得到應有的讚美。

（中國語文五九九期、二〇〇七年五月）

四三、維吉尼亞烏馬克茶花

花蕊辦化之後
如貝如齒完全重辦的花
好像石頭投入平靜的湖裡
自孕育長達半年的蕾中
逐層逐次的展開了

淺淺的粉
淺得幾近透明的白
彷彿少女臉上遮掩不了的祕密
隱隱的泛起，又悄悄的退了
本來若有若無的視覺暫留

卻歷歷的鮮明的停在
眼前
在這朵冰清玉潔、不染纖塵的花前
人，自慚形穢的低下頭來
不敢正眼相對

語解

由一根根的花蕊，逐漸演化成一片片的花瓣之後／如貝殼、如牙齒整朵都是花瓣的千重型山茶／好像石頭投入平靜的湖心裡，由內而外逐次的蕩漾開來似的／自含苞至成熟長達半年的花蕾／一層一層的展開了

淺淺的粉紅／淺得幾近透明的白色／彷彿少女遮掩不了心中的祕密／而在臉上隱隱的泛出淺淺的紅暈，又悄悄的消退了／本來只能瞬間殘存的視覺暫留／卻清楚的、鮮明的把這朵美麗的山茶／停在眼前似的，無法忘懷

在這朵如冰如玉一樣的明淨、不染一絲一毫俗塵的花前／人，自覺羞愧的低下頭來

／不敢正眼面對這朵純潔的山茶

分析

維吉尼亞烏馬克茶花（Virginia Womack），以淺淺的粉紅，開出完全重瓣的千重花型，屬於中型的山茶花。

所謂「瓣化」，是指茶花蕾心一根一根的蕊，逐漸演進而成花瓣的變化；「長達半年的蕾」，是指茶花在六、七月間含苞之後，必須經過四至六個月，才能在冬天開出花來；「臉上遮掩不了的祕密」，是指心中的祕密已被別人窺知，而在臉上泛起陣陣的紅暈；「若有若無的視覺暫留」，是指即使匆匆的一瞥，景物仍然會在眼前留下大約十分之一秒的時間。

首段以「好像石頭投入平靜的湖裡」，漣漪一圈一圈的向外蕩開，描寫茶花綻放的情形；二段以「彷彿少女臉上遮掩不了的祕密」，而泛起紅紅的暈來，描寫山茶粉得幾近於白的顏色；三段以「冰清玉潔、不染纖塵的花」，將山茶純潔明淨的樣子，整個描寫了出來。全詩僅以三個譬喻，描寫花的三種情態；但美麗的茶花，已經年年令人期待、再期待了

（中國語文五九九期、二〇〇七年五月）

貳、茶花的文

四四、茶花的花

每年十月中旬以後，名爲黑貓、名爲喬伊肯得力特的山茶，迎著逐漸轉涼的冬風，星羅棋布的綻放在地勢較高的坡地上，爲已遍布蒼茫的大地，燃起繽紛多彩的綺麗；茶花的花季正式開啓。

茶花是冬天的女兒，只在冬天才肯露出臉來。由於冬天的天氣較冷、陽光較淡、大地的節奏較緩，植物的新陳代謝也變得慢了，所以開於冬季的茶花，花期較長，約在一至二週之間。即使乍暖還寒、陰晴不定的天候，茶花仍有五天以上的花期。

因爲茶花的繁殖能力已經退化，花蕊有的微瓣化如絲，有的半瓣化如片，有的早已變成完全的花瓣；因爲花蕊的變化，所以茶花的花型有單瓣（如串花瀑布）、重瓣（如願望）、玫瑰（如希利米契爾）、牡丹（如天香）、唐子（如埃及豔后）等等之別。整朵瓣瓣相重的茶花，工整端正，一種純潔莊重的感覺，油然而生；略呈波浪、形如玫瑰的茶花，活潑開朗，給人奔放、浪漫的動感；至於渾圓的花朵之中，點點金黃隨意閃爍的茶花，雍容華麗，正是富貴、圓滿的象徵。花型一定的茶花，固然怡人；但有更多美麗不拘的茶花，同時能將千重、玫瑰、牡丹的花型，綻放在枝頭之上，叫人連連驚嘆（如天鵝湖）；有的則一身端整的走到人前，人們正想爲她的純摯喝采時，她已變成熱情洋溢的少女了（如千重轉爲玫瑰的寶貝夫人）。

植物在生長與生殖不斷的交替之下，才能周而復始的成長的開花的結果，水分過多或施肥過量，都會促使植物不停的成長，茶花也是如此。因此想讓茶花開出更大、更多的花朵來，就應酌量的減去水分；但若水分太少或植株太弱，而使茶花產生危機之感，茶花爲了繁衍，可能整株結滿花苞，但真能吐露的花蕾卻寥寥可數，此時就應全數或大部摘除，以顧母株。茶花開花時，需要適度的水分和營養；太少，綻開的花朵不是無精打采，就是欲振乏力；太多，茶花可能掉下苞來，繼續成長或在加速的新陳代謝之下，提前把花凋謝。

因爲茶花開在寒冷的冬天；冬天有時晴朗，有時陰雨，陽光的多寡不一，山茶所開的花也隨之不同。大體說來，天氣愈冷，白的愈白，紅的愈紅，花色愈是鮮豔；冷到極點，紅色的花朵由內而外，逐漸暈成一抹神祕的紫紅（如伯拜范）；白色的花朵，有時淺綠、有時淺粉、有時淺黃，全由花心向外輻射；冷到最後，乾脆整朵變成微微的嫩綠、淡淡的粉紅或薄薄的鵝黃（如願望、羅蘭、桃樂絲山丘）。花色只有一種，早已使人徘徊；何況更多的山茶，有時純白、有時白中嵌著紅斑、有時又成全然的豔紅，不但朵朵不同、而且瓣瓣精彩（如喬伊肯得力特）；叫人爲它即將展開的花瓣，而期待、而想像、而驚喜！

日照充足，才能開出鮮麗的花朵，但過度的陽光，反而會使茶花的花色減淡，甚至失去原有的光澤。所以白色可以放在陽光較少的地方，有色的花種，則應置於日照充足之處。花色多變的茶花，如想確保能夠同時開出純白、純紅或紅白相間的花朵，則應選擇開過白色或紅白相間的植株，否則已經由白轉爲全然的紅之後，花色穩定，不再變化，永遠只能看到單調的紅色。整株純色的花朵，愈開愈淡，最後往往會有褪色的感覺（如佛那黎）；至於紅白相間的花種，自然生成的當然有，但有一大部分是變異，是由於不會危害植株的病毒所導致（如情人節）。變異的花朵顏色較深，較能從一而終展現原有的姿容。但如果整個園區都是紅白相間的花朵，茶花還會使人心動嗎？

原生的茶花，北從日本開始，沿著太平洋的西岸延伸，直至東南亞呈散狀分佈。喜愛茶花的英人 **J. C. Williams**，開啓人工異種培育的先例，茶花的天地頓時熱鬧了起來。原生的茶花本來只有兩百多種，擴增至今，已經上萬；臺灣的品種雖然不多，但至少也在千種以上，也夠挑剔的愛花者挑揀了。新品有新的形貌，但舊種仍然令人駐足；茶花有如風情萬種的美女，只要花朵一開，就是漂亮！

四五、茶花的葉

春天一到，茶花即在葉端迸出芽梢，渾圓而又晶瑩，有如才剛成形的蓓蕾；花期之後，芽梢吐露的葉片，嫩綠之中和著淡淡的鵝黃，彷彿一碰就會受傷的嬰兒；等到葉片已經成葉，葉上閃著透明的光澤，鮮潔亮眼，陽光之下好像嵌在樹上的翡翠。

生長在溫帶的茶花，有花的季節當然令人盤桓；即使無花，光看枝條、光看葉子，也能停下行者的腳步。茶花的葉子寬寬厚厚，隨時都能搯得出水似的油油亮亮；一葉就能捎來自然的訊息，至於一襲清新的綠意，則已爲大地注入盎然的生氣。整樹翠綠的葉子，通常只開純色的花朵；如果葉面浮出白色的斑點，或葉緣飛來一抹耀眼的金黃，這株茶花肯定開出紅白相間的花朵，花朵必將帶來瓣瓣變化的欣喜。

葉面閃著光澤、葉間摻有或白或黃的茶花，值得期待；但如果葉面的顏色逐漸變淺，最後淺成沒有光澤的初黃，這是由於平時的日照不夠充足；如果葉面的顏色逐漸暗淡，最後暗出一片水腫的灰褐，這是由於日照不足、澆灌太多而水分無法蒸散的原故；如果葉面的顏色如常，但在葉間卻有圓形或塊狀的黑斑，這是日照過量、豔陽曬焦的痕跡。如在葉脈中間，發現褐色蔓延的線形，葉子底下必有蟎蟲（紅蜘蛛）作怪，這是茶花已被病蟲侵害了，如果不快療治，將會危及整株茶樹！

植物有的喜歡和煦的溫帶、寒帶，有的卻鍾情於炎熱的熱帶、亞熱帶；茶花屬於溫帶的植物，適合在臺中以北的地方生長。如將茶花移往南部，茶花為了適應環境，葉子將會變小、變厚，枝條將會加粗加壯，花朵也會稍褪原有的色澤。炎熱的天氣之下，如果溼度不夠或供水不足，茶花為了保命，成長可能停滯，植株可能弱化；如果非在南部栽種不可，則應選擇半日照、過午即無陽光的地方，或於上方覆蓋黑色的細網，並以噴水或淋澆的方式，常保茶花所需的溼度。通風，是所有植物必然的條件；通風不良，百病叢生，一點也疏忽不得。適量的日照、適宜的溼度，茶花的要求其實不多；想種就種，只要看到冬天的花朵，一切都值得！

會開花的樹——茶花，枝幹雖然柔韌，卻也強壯，因此一般人對於茶花，只曉得它健美的一面，卻不知道柳葉山茶纖纖柔柔的枝椏，一路延展，最後滲入暗藏太陽的昏夜，綻出一絲初醒的晨曦；更不用說飄逸如竹的葉子，上綠下紅，迎著微風招展時，紅與白在天地之間幻化的驚奇。玉門關細細長長的枝葉，隨著大地律動，扶疏的伸出輕盈的手來，指這、指那，想將自然的美好整個洩漏；更不用說整株披著白色小花的枝上，只要輕輕一搖，就能搖出人們心中的美景。而香粉青翠如玉、起伏如波的葉子，不管遠望或者近凝，如潮如湧的美感，直向愛花的你我襲來；更不用說深紅如絨、朵朵燦爛的小花，已在蒼然迷濛的冬裡，爲你、爲我點上幾許溫熱的火光。

從茶花的葉子，可以看出茶樹是否健康、栽種是否得宜？並判斷品種正確的歸屬。茶花的葉子看似大同小異，其實株株不同；尤其像寶貝夫人、羅莎伯凱特小葉的植株，卻能綻放絕大的花朵，更是叫人稱奇。僅只欣賞的愛花者，請動手種幾株吧！

四六、茶花的栽種

茶花屬於溫帶的植物，最好種在陽光充足、空氣流通的地方，所以攝氏十五至二十五度之間怡人的天氣，最適合茶花的生長。茶花如果長期處於五度以下的低溫，遭受寒害的根盤必被凍傷；超過三十六度，茶花可能因為失水而停滯成長。茶花每天必須沐浴在陽光的直射之下，而不能只用一些斜射的偏光過活；但直射的陽光也不能太多、太強，有如夏日的豔陽，否則葉子將被曬焦，植株也將因此而受到傷害。

栽種茶花，以腐殖質較高的土壤最好；尤其是蓬鬆透氣、排水性佳的坡地，更是適宜。土壤的 PH 值約在 5-6.5 之間，太酸或過於鹼性的土壤，都不是茶花的最愛。茶花直接種在地上，照顧比較容易；至於盆養的茶花，心血則須加倍的付出；因為有限的土壤，必將限制茶花的成長，何況逐漸鹼化的沙土，短則兩年，最多不過三年，如果遲不換土，或把花盆周圍的部分換掉，植株必受影響。

茶花喜歡溫暖溼潤的環境，只要排水良好，除了下雨之外，縱使每天澆水也無妨；尤其炎熱的夏天，水分不斷蒸散，水分不足就會傷及植株，所以必須隨時注意。晚上避免澆水，應讓茶花的根透氣呼吸；至於白天，植物和人的感覺一樣，需水的時候才給，才能達到解渴的作用。有人認為中午前後不宜澆水，其實此時陽光強烈，正是茶花需水孔亟之際；儘管水澆之後立刻蒸散，但卻能使茶花體內的水分充足無虞；有人認為當下泥土炙熱，給水可能損及根部，這也未免太多慮了，除非澆淋的是滾燙的熱水！

茶花種在地上，根盤得以自由伸展，得以吸取本身所需的水分和營養；盆養的茶花則應多費些精神，尤其炎熱的夏天，如果一次不夠，就得再次給水；如果盆內的土壤已乾，茶花的葉子已經低垂，澆滿之後還得再澆，務使根部把水吸足。茶花給水的方式，最好是淋浴，一來可以清洗灰塵，二來也能使葉片吸收；給水時必須溫柔，不要心不甘、情不願的直灌根部，以免把根裸露。如果每天只能供應自來水，久而久之，盆內的土壤將自然鹼化，因此偶而須以硫酸亞鐵水或食用的酸醋液噴灑葉片，至少施以有機的肥料，而使植株得以健康的成長。

植物都要施肥，茶花也不例外。雞糞、鳥糞或一些未經處理的東西，除了衛生的顧慮之外，對於茶花也會造成傷害。市面販售的有機肥，有偏重成長的鉀肥，有促進開花的磷肥，有茂美葉子的氮肥，碳、磷、鉀三者的比例，依用途而有所不同。事實上，茶花所施的肥料，不必特別強調開花的磷肥，只要三者均衡即可。施肥時，先在根部外圍或花盆外緣鑿挖兩、三個小洞，待肥料塡入之後覆土，以免營養揮發、流失。澆水，會使肥料淡化，因此必須適時的補充。施肥必須適量；太多，植物將停止開花的生殖點而繼續成長；太少，植株則將日漸萎靡。一般說來，除了高單位的鉀或長效型的化學肥之外，兩、三個月施加一次，應該也就夠了。

茶花雖有病蟲害，卻也不多。最討厭的是天牛寄生樹上的幼蟲，藏身在枝幹的中間啃食，如果不能及時截去、抓出，或以稀釋的農藥灌入消滅，植株可能不保。當葉面出現褐色的線形、且從中間逐漸向外擴散時，如將葉子翻面，必能看到蟎蟲（紅蜘蛛）正在侵害茶花，不妨以水或清潔液逐葉洗去；必要時才以農藥每隔五至七天，連噴三至四次。也有人以牛奶、養樂多餵養，令其撐死、飽死，但不知成效爲何？除了供水不足之外，如果茶花由上而下，葉子逐漸凋黃、枝條逐漸枯去，大概已經罹患枯枝病了。枯枝病施以農藥，也能療癒，最怕還未察覺，茶花已經整株枯死了。茶花的病蟲害，如果能以有機的方式消除，當然最好！

茶花的繁殖，通常是以播種、扦插、壓條、嫁接四者爲主。因爲茶花的繁殖能力已經退化，除了人工育種之外，種子取得不易，所以無法廣泛的採行。但以種子培育出來的茶花，可能會有變種的驚喜。剪下一年生的枝條一、兩節，浸泡水中至少一小時，取出之後尾端塗上開根素，扦插三分之一於上覆黑網、事前已經溼透的沙土之中，待梢頭的新芽已經長成綠葉，就可移植。選擇健康的枝條，將浸過開根素的水草環繞成圈，外以塑膠的袋子兩端綁緊，幾個月後就能育成一株新苗。嫁接則以油茶做爲砧木，油茶截斷之後，從枝幹的皮質層與木質層間切開，直接將自己喜歡的品種，嫁在砧木之上接合。優點是一、兩週就能看到成效，但因彼此難以渾然的相融，上下的基因各自不同，所以成樹數年之後，可能就會出現衰殘的情形。茶花在中秋之後即可壓條，年初即可扦插，至於嫁接，通常是在一至四月之間，但隨著各地的風候，有時也會有所不同。

剛種茶花，茶花時常不明就裡的枯了、死了，如今隨手一栽，茶花雖然不夠茂美，卻也株株健壯，年年綻放美麗的花朵。連我都能把茶花種好，何況有心、有情種花的你！茶花的栽種不難，只要多觀察、多嘗試，專家就是你！

四七、茶花的選擇

如果只種一棵茶花，我選茱麗亞（Julia）。

茱麗亞有向上性的植株，有疏密適中的枝條，有自然生成的樹型。不必刻意修剪，只要任其成長，就是一棵有模有樣、可觀可賞的茶樹。綻放率百分之百的茱麗亞，有蕾必開，有瓣必展，只要花季一到，樹上同時掛滿花朵，遠望過去，就是一樹美麗的冬景。茱麗亞以深色的粉紅為底；白，從不甚經意的暈染，到豪邁隨興的潑灑，每朵、甚至每瓣都值得期待。紅得鮮潔、白得透亮的茱麗亞，的確是一株很難取代的花種。

如果只種一棵小茶花，我選辛拿蒙辛蒂（Cinnamon Cindy）。

辛蒂向上的枝幹較多，但也不忘隨時旁生一些扶疏的枝條，所以植株的樹型疏朗而不單薄。辛蒂的葉子雖小，但卻片片翠綠，且在綠中偶而飛來一抹驚奇的金黃，叫人不禁驚喜連連。辛蒂的花朵不大，但在雪白之中藏著淡淡的粉，開起花來整株、整樹的粉嫩，直如女孩玲瓏剔透的臉龐。辛蒂迷人的香氣，早已使人情不自禁，何況長達兩個半月以上的花期，絕對是小茶花的首選！

如果只種一棵大茶花，我選瑪麗費瑟（Mary Fischer）。

花朵直徑超過十五公分的瑪麗費瑟，不必花費太多的力氣，就能將花整朵盡情的展露；不像一般的大茶花，除非植株非常健康，否則不是含苞不開，就是半途而廢。花色皎潔的瑪麗費瑟，在寒冷的冬裡瓣瓣轉爲溫暖的淺粉，因此不用再種一株，就有雙重絕美的享受。瑪麗費瑟的美，美得使人瞧見茶花的極致；如果想在茶花美的世界裡徜徉，就選這一棵！

如果想種一棵粉紅的茶花，我選維吉尼亞烏馬克（Virginia Womack）。

粉紅的粉，粉得有如嬰兒吹彈得破的臉；粉紅的紅，紅得有如女孩突然升起的暈。陽光之下，水漾的鮮嫩，彷彿才從霧中甦醒過來；即使在夜裡，仍以雪似的粉，點亮美感者探尋的雙眼。一朵烏馬克，就是一個焦點；如果同時綻放兩朵，立刻給人目不暇給的感覺。想種烏馬克的人，我想給個建議：粉色的花，只種這一棵就好，因爲固執的雙眼，不會想看第二棵！

如果想種一棵紅色的茶花，我選法蘭克豪瑟（Frank Houser）。

純色，尤其是深色的茶花，最怕愈開愈淡，最後變成沒有血色的花朵；在紅色的茶花裡，常見的佛那黎就是如此，即使廣受稱美的情人節，也未能免俗；法蘭克豪瑟茶花，因爲顏色夠濃，濃得好像厚實的紅絨一般，所以沒有這個缺點。不會多得膠著難開、也不會少得單薄難看的花瓣，瓣瓣都能完美呈現碩美的花朵。可惜綻放八重花型的法蘭克豪瑟，並不常見；如果退而求其次，可以選種變異（含有白色斑點）的情人節。

如果想種一棵紅白相間的茶花，我選布魯克斯玫瑰（Brooksie's Rosea）。

布魯克斯玫瑰的紅，紅得深而不濁；布魯克斯玫瑰的白，白得潔淨如雪；紅與白在鮮麗的花上清冷的流轉，流轉出一朵最有氛圍的典雅。布魯克斯玫瑰端整而不嚴肅，靈動而不輕浮，儼然就是花中的貴族。站在它的面前，你的情操將被完全的淨化，當然，如果不是氣質和它相襯的人，一定自慚形穢！

如果想種一棵繽紛的茶花，我選喬依肯得力特（Joy kendrick）。

因爲紅色比較穩定，所以由白轉爲紅色的茶花，永遠只能開出單一的色澤。唯有親眼瞧見花上的白色，才能確認這一株花同時能開紅、白與紅白相間的色彩。喬依肯得力特茶花，花色多而有變化，幾乎有茶花的地方就能看到它的蹤影。喬依雖然普遍，但卻不減它的丰采，尤其花季長且容易開的特色，更常贏得喜愛者的青睞。但須注意的是：

避開整株紅色的喬依，才能每年看到繽紛多彩的花朵。

如果想種一棵紫色的茶花，我選牡丹皇后（Peony Queen）。

才一接觸，牡丹皇后好像頂著球狀的水晶，隱隱透出大地的神祕；走到跟前，如弧如圓的花朵，渾然洋溢著浪漫的氣息；如果仔細的端詳，如綢如褶的花瓣，靈動自如，瓣瓣都在活潑與狡黠之間游移。牡丹型的茶花，通常較不討喜，但牡丹皇后卻打破人們既有的成見，獨自開出令人讚嘆的花朵。深如埃及豔后，淺如羅莎伯凱特，紫色的茶花本來就少，如果想在園中種上一棵，牡丹皇后一定不能少！

如果想種一棵黃色的茶花，我選戴羅尼加（Dahlohnega）。

花中較不常見的黃色，雖然也須直射的陽光，但就同類來說，可以少些，茶花戴羅尼加也不例外。淺淺的、淡淡的，有如才剛長出的嫩芽；甜甜的、潤潤的，恰似剛好熟成的奶油。千重的花瓣，瓣瓣工整；工整的花朵，流露一股自然的高雅。花朵雖然不大，花型卻很美麗，如與顏色較深的正黃旗、黃之旋律相比，閑靜別致的戴羅尼加，還是焦點！

如果想種一棵白色的茶花，我選天鵝湖（Swan Lake）。

花色雪白的天鵝湖，因爲同時能開端整的千重、浪漫的玫瑰和華麗的牡丹，所以每當含苞欲展的花蕾，開始吐露閃電才能比擬的皎潔時，人們往往因它即將綻放的花型而期待、而猜想、而遐思。嬌柔甜美的願望、落落大方的羅蘭、光鮮燦爛的迪斯康瑟，還有勝似蓮花的桃樂斯山丘，雖然美得各有千秋，但只有這一株，才能看到白色的、完整的美。

美麗的茶花，因爲彼此比較而有高下之別，可是如果只種一棵，不管什麼品種，都只有一個美字可以形容。在現代人有限的空間裡，不必貪多務得，只要選種一、兩棵自己喜愛的茶花，早上醒來看它一眼，就是一天美麗的開始，這是一個馬上會有感覺的改變，值得試試！

四八、小茶花

茶花的花徑五公分以下，是小型花；六至十公分，是中型花；十一至十五公分，是大型花；超過十五公分，則屬於巨大型花。茶花在一般人的印象中，都是花型較大、顏色鮮麗的大茶花，但卻忽略了還有不少美麗的迷你型小茶花，隨便一眼，就是一個難忘的冬景。

大茶花因為醒目，時常奪去人們關愛的眼神，但除非茶花已經成樹，枝枝同時綻放，否則零星的花朵即使漂亮，謝了之後就得耐心的等待，才能再次欣賞；不像小茶花的花蕾一旦吐露，就不間斷，就整樹開放一、兩個月，直到花期結束，每天都能彩繪大地最美的風景，都能在每個路過的驚豔者口中，聽到他們由衷的讚美！

大茶花因為花型大，開花費力，所以除非植株較為健壯，否則像牛高心的情人節，想要整朵展開，已經不很容易；何況是高心的賽玫瑰，不是花蕾稍微綻開，隨即凋落；

就是花朵還未全開，前緣的花瓣早已枯萎。小茶花沒有這個困擾，只要含苞，就會綻放；即使只有兩片葉子，花朵仍然完整的呈現。大茶花以美麗又易開的花種爲上，小茶花則任君選擇；只要喜歡，它一定在寒冷的冬裡，準時報到！

大茶花的枝條，以直立向上者居多，整樹望去，自成樹型，但卻缺少溫柔的美感。大茶花也有喜歡旁生的花種，如一瞧難忘的至尊，枝葉時常忘情的橫向延展，所以主幹反而受到壓抑；除非刻意拉直旁生的枝條，否則植株就像拒絕長高的小大人。小茶花則不然；小茶花的枝條柔韌，枝葉自然披垂；尤其花朵盛開的時候，迎風蕩漾，更給人一幅動態的驚喜！

我喜歡將直立性較強的小茶花（如紫丁香），保留、甚至剪去枝梢，培育出較多的枝條，而使植株不會過於單薄。我也會把性喜旁生的小茶花（如芙蓉香波），隨著逐漸上長的植株，逐次剪去下層的枝條，直到五、六尺高之後，才任其發展。此時主幹鮮明的小茶花，在枝葉的扶疏之下，美好的姿態誰能把它忘記？當然，還有更多樹型自然的小茶花（如辛拿蒙辛蒂），不用人們費心，就是一棵優雅的茶花。至於玉門關，在分明的主幹上，枝枝向下飄拂，溫柔之中自有茶花的個性，不像軟弱無力的楊柳，只能沾沾自喜的任風擺布！

茶花不論大小，花朵都很潔淨，因此每當花季來臨，晨起徘徊花下的我，時常一面欣賞，一面摘除已經或即將凋萎的花朵，讓正在盛開的植株，不因枝上其他枯傷的花朵，而損及視覺的美感。尤其小茶花一開，動輒百朵以上，如果不能稍做整理，而任其又是開、又是謝的花朵，同時掛在枝頭之上，整樹茶花給人的感覺，必然打折，這是我家茶花永遠迷人的原因之一。

大茶花的確很美，但比桂花更清新、更濃郁的小茶花，只要窗前種上一棵，偶而飄進室內的花香，就足以使人心醉。如果想種茶花，迷你型的小茶花，絕對不能少！

四九、美麗的經驗

採自高山的茶葉，減量放進壺中，沖泡之後將水迅速倒出；把琉球山茶已經盛開的花朵，逐朵摘去花蒂，依壺的大小、茶葉的多寡酌量加入，一壺茶葉與茶花美麗的邂逅，一次飲者從未有過的和諧，於是氤氳而出。

因爲茶花與茶葉同科，所以茶花加入茶葉之中沖泡，不但不會走味，而且還能相得益彰，頓時將茶的原味極度提升，使本來只是中等的茶葉，立刻變成上品的好茶。除此而外，如在茶葉中加入桂花、加入茉莉，雖然也能產生香氣，但卻只是桂花、只是茉莉，茶的原味必被掩蓋；一提味、一加味，香氣與感覺絕對不同。

我喜愛喝茶，我希望我所喝的茶，茶味必須純粹，但也可以稍帶澀味，澀味應在舌尖隨即化爲甘甜；茶水必須清澈，清澈之中暈著嫩綠的金黃，鮮潤透亮；茶香必須強勁，入口馬上爆開，香氣瞬間洋溢在口鼻之間；至於喉韻，則須滑順有如一層柔軟的水膜，輕輕的從舌尖、從喉頭緩緩的流過。香、清、勁三者，是我對好茶的要求；尤其加進琉球山茶之後，更是叫人迷戀；可惜，只在冬天！

我在閒暇也種茶花，自信對於茶花還有幾許的認識，但卻始終不明茶花還能泡茶。直到有次偕同梅娜前去雙溪，茶花莊的莊主莊崇祥、莊豪雄兄弟突然興致一來，隨手摘了幾朵山茶放進茶水裡，我才恍然得知僅止觀賞的茶花，原來還有鮮為人知的妙用。我把這個訊息告訴建宏開朗爽直的蔡秋文經理，蔡兄一試之下，讚不絕口，從此年年期待冬天。我想如此好茶，怎能祕而不宣呢？於是每當琉球山茶的花期一到，我就寄給臺南溫文儒雅的陳中光老師、佳里樂天恬淡的黃憲宮先生，我希望大家都能享受這個美妙的經驗！

雪白、有時略帶紅色的琉球山茶，花朵雖然不大，但在十一月至隔年一月綻放時，計數不清的小花，迎風搖曳的綴結在枝葉之上，遠遠望去，皎潔如霜；即使閉起眼睛，濃郁的香氣仍然撲鼻而來。花開的時候，每天早晨一醒過來，我就迫不及待的走到花前，趁著蜜蜂還未將蜜採走，一朵一朵細心的摘取；但我又怕滿懷希望的蜜蜂，空手而回，所以我總是先摘一半，待蜜蜂採過之後，方才全數納入瓶中。

新鮮的琉球山茶，才能泡出芬芳的香氣，於是如何保存，成了我們最大的挑戰。我將裝瓶的琉球山茶冷凍，結果解凍之後的小花，化爲一團爛泥；我用塑膠瓶裝盛，改爲冷藏，結果小花不到三天，早已枯黃；最後還是蔡兄教我冷藏時，必須選用玻璃的瓶子；從此採下的琉球山茶，才能保有兩個星期的鮮度。

琉球山茶的香氣濃而不膩、潔而不濁，可以供做泡茶之用；爲了延續琉球山茶的驚喜，所以我廣植馨香的小茶花，然後逐一試飲。結果我在各有千秋的香氣裡，發現珍珠毯、芙蓉香波、辛拿蒙辛蒂三種茶花，可以在琉球山茶缺席時，暫爲取代。但還有一種香氣與琉球山茶無二無別，花朵、花型卻比琉球山茶更大、更美的川滇連蕊茶，值得栽培；於是我們憧憬的冬天，又增添了一員令人驚豔的主角。

喝茶，是我每天教書之後、寫書之餘必然的休閒。一向講究喝茶、而且只喝臺灣好茶的我，自認已經嚐過各個山頭的茗茶；沒想到一朵小小的琉球山茶，卻能將我喝茶的享受再次提升，所以我謹在此，鄭重推薦！

（中國語文六八二期、二〇一四年四月）

五〇、茶花與描寫

「這朵花好美喔！」「這朵花好像玫瑰、好像牡丹喔！」這是人們乍與茶花相碰時，最常脫口而出的讚語。在茶花的花型裡，有玫瑰、也有牡丹，所以用玫瑰、用牡丹來形容，雖然勉強著邊，卻把茶花給委屈了。因為玫瑰雖美，卻遠遠不及茶花的優雅；而牡丹雖豔，卻從來不具茶花的氣質。只以玫瑰、以牡丹來描摹，表面上似乎已將茶花的美點了出來，其實並未清楚的說明茶花美在那裡？

遇到美好的事物，人們總是「美」個不停，可是究竟美在那裡，人們往往不明所以。美，是人對事物常用的、空泛的語詞；單憑一個「美」字，無法將美具體的指陳出來。美只是知其然的現象，只是一個中性的意念而已；美的情形才是內容，唯有知其所以然的寫出美的內容，「美」這個字才有意義可言。

義大利美學家克羅齊說美是一種直覺，是在心理保持一定的距離、並拋開實用的目的之後，自然產生的一種美的感覺。美感很美，但除了令人陶醉的美感之外，我們也應瞭解美感從何而來吧！凡是看過茶花的人，都說茶花很美，大家似乎都忘情的美在不言之中，而難以再從美的氛圍裡，分辨自己眼前所見的美，爲何能使自己感到如此的快樂。於是我在「這朵花好美喔！」「怎麼會有這麼漂亮的花朵」的讚美聲裡，仔細端詳茶花。

茶花的美，美在繽紛的色彩，美在多樣的花朵，美在出奇的變化。在茶花的面前，我是一個好奇的探險家，貪婪的直向美的大地訪尋；我是一個冷靜的小學者，理性的挖掘屬於美的一切。我用眼睛仔細的觀察之後，把它輸入腦海；用心靈愉悅的體會之後，從顏色、從花型，以寫實、以寫意，就所見、就所感的把它寫在筆端，於是我描述正在威力奴生山茶花上游移的色彩：

紅與紫
如夢如幻的在花的瓣上流連
端莊與亮眼
齊在這朵花上招展
速寫正在黑魔法山茶花上幻化的花朵：
漩渦一圈一圈

自深邃如潭的紅裡
濺出
點點如波的白
說出正在瑪莉費瑟山茶花上躍動的浪漫：
彷彿晴空之下耀眼的波濤
撼起無垠無涯的繽紛
因為山茶
遲遲不肯離去的冬
有了最好的藉口
看見正在羅蘭山茶花上不朽的傳說：
皎潔的白
點亮歐洲對美渴望的眼
迷醉的香奈兒
至今未醒
記起正在琉球山茶花上逐漸瀰漫的芬芳：

花

將大地染成一片雪白的冬

而香

早已隨著輕風

到處報佳音

只要感動夠深，詩句自然就能成形；有時甚至只是匆匆的一瞥，詩句已在腦中來回的盤旋了。對於寫詩，我並不刻意，也從來不以爲苦，尤其是描寫茶花。茶花很美，但卻不能常以一個「美」字交差了事。茶花是我文學素描的模特兒，面對如此美麗的模特兒，我們能不拿起筆來畫她幾筆嗎？

五一、茶花與生活

爲了茶花，我曾一週往返雙溪三次，欣賞一朵才剛綻放的法蘭克豪瑟；爲了茶花，我曾毅然放下手邊的工作，一路從臺北直奔臺中的新社，購得一株粉得粉嫩、白得雪白的茱麗亞；爲了茶花，我在桃園境內左尋右訪，輾轉來到南坎，參觀引進繁殖種苗的茶花林；爲了茶花，週末九點一到，我一定準時站在建國花市的入口，以便捷足選取美麗的花種。

因爲喜愛，所以不管路途多遠，地方多麼偏僻，我都滿懷興致；我走出教書與寫書、學術與教學的象牙塔，將眼睛望向曠闊的大地，重新詮釋自己的生活。因爲喜愛，我向花農隨時請益，吸取農作培植寶貴的經驗；我與花商坐地聊天，探知渴望的花種可能的芳蹤；我從植物專業的書上，一點一滴匯集所需的知識。我走在茶花優雅的小徑上，怡然自得。

在這條優雅的小徑上，我與茶花整天沉默的對語，我從茶花多樣的表情裡，得知茶花和人相同，都有自己的個性，都有迥然而異的性情。所以深粉如隱、不染塵煙的威力奴生最寧靜，奢華炫爛、盡情展放的伯拜范最暴發，是裁是剪、自然成型的佛那黎最端整，蕾絲為飾、豔冶逼人的至尊最華麗，如雲出岫、皎然如雪的天鵝湖最潔白，看似端整、其實活潑的寶貝夫人最頑皮，花色迷離、隨興蕩漾的迷茫的春天最夢幻，渾然流轉、落落大方的布魯克斯玫瑰最有貴族的氣息。如果朋友要我介紹，我一點也不困擾，因為與其個性相仿的茶花，他一定喜歡！

茶花使我和陌生人得以談得興高彩烈，和熟識的朋友得以時通聲息，我的生活圈子因此更大了。對於茶花，我以「花」的欣賞為主，而不在乎「樹」的大小；只要花有可觀之處，我都不想錯過。我常把這些訊息公告周知，希望大家都能一親芳澤，可惜人們的重心仍在茶樹之上，競以樹頭的粗細做為美醜的標準，至於這棵茶樹究竟能開什麼花朵，並不關心，實在令人費解。

我學習、我觀摩、我嘗試，我從茶花小小的原株種起，我不屑砍樹做為盆栽，誇耀自己的能耐；也不想削枝去葉刻意的雕塑，強調自己的匠技。我喜歡茶花都能順著自己的意思，自然的成長；最多，只將蕪雜的贅枝剪去，或促長顯得單薄的空白。所以我種的茶花，花朵由上而下立體的綻放，而不像坊間的盆栽，只能在有限的空間裡，你推我擠！

從前，我也買過盆栽，卻把盆子放進土裡種植；如今，我從小培育的幼苗，早已亭亭玉立。每年冬天，我想用茶花的美點綴冷漠的街道，想讓路過的人增加一點驚喜，所以我從山上搬來幾棵茶花放在門前。當人們發出驚嘆的聲音時，我和梅娜會心而笑；當相機咔嚓、咔嚓的響個不停時，我和梅娜喝茶慶祝。除了家人，如果世上還有值得迷戀的東西，那就是茶花！

五二、茶花與欣賞

早上醒來，急急忙忙的走到院子裡，看看昨天探出頭來的蓓蕾，今天是否已經綻放了；已經綻開的花瓣，到底是紅、是白、還是深紫的顏色？是斑點、是條紋、還是漸層的色澤？是端整的千重、是浪漫的玫瑰、還是華麗的牡丹的花型？我喜歡驚喜，所以只要睜開眼睛，我就迫不及待的前去賞花。

茶花的花瓣厚實，可以使白的更白、紅的更紅、粉的更粉；天氣愈冷，花色愈美，花開得愈是燦爛。每一片初綻的花瓣，都有意想不到的變化，都能帶來一分新的喜悅。尤其在細雨迷濛的冬晨，潔淨如洗的茶花，更足以使你我的情操立刻昇華；所以在姹紫嫣紅的花草裡，我最喜愛茶花。

記得才領薪水，我和梅娜即興到花市走走，突然看到兩棵美感濃郁的小花，楚楚的向我襲來。我恍如在夢中巧遇美麗的小天使，兩腳頓時賴著不走，雙眼盯住無法外移。

待一回神，我和梅娜一人一盆，小心翼翼的把它買下，從此開啓我們的茶花情緣。

我和梅娜到茶花群聚的陽明山，瞭解茶花生長的情形；我從璀璨多姿的茶花裡，一一品嚐不染塵煙的美麗之後，我才知道：看似大同小異，其實每一棵茶花都有自己的個性。只要用心的體會，仔細的聆聽，就能得知什麼叫做純摯、奢華？什麼叫做飄逸、豪爽？我們到茶花的故鄉雙溪，尋找臺灣茶花的源頭，我從滿坑滿谷的品種中，挑選我所喜歡的茶花之後，我才知道：喜歡某種茶花的人，可能就具有某種個性；因為茶花的種類很多，不管其人的個性如何，都能在各式的茶花裡，相應的尋得。我更遠赴刻意栽培茶花的新竹和新社，欣賞茶花所謂的極致；我從百卉爭妍的花型、群芳競放的色彩裡，恣意享受大地的饗宴之後，我才知道：一棵茶花可以綻放迥然而異的姿容，一朵茶花能夠展現瓣瓣不同的風情；世界上只要夠格稱爲漂亮的花朵，在冬天盛開的茶花園裡，不但全數呈現，而且讓你一覽無遺！

因爲茶花只在三月花謝之後，才繼續去年的成長；六月以後，成長停滯，接著又是長達半年的含苞期。人們嫌它成長的速度太慢，於是廣泛使用油茶的根幹做爲砧木，大量嫁接。嫁接可以速成，可以聽憑己意，但卻違反植物的本性；尤其大大的砧木，上接小小的枝椏，無論從那一個角度看去，都是怪異！何況油茶與茶花的基因不盡相同，嫁接之後雖有數年的榮景，但不久即有殘枝敗葉的倦容，看了使人於心不忍。所以我只栽種原株，耐心的陪它慢慢的成長。

因爲茶花的枝條柔韌，可以供做盆養之用，於是人們把樹砍斷，只將一截短短的樹幹，硬擺到小得只能覆蓋一層沙土的盆中裝腔作勢，人們把它叫做盆栽。用鐵絲纏繞，用細木架開，凡是不合想像的都該剪除，無法雕塑的全數剷去；形狀雖然有別，其實千篇一律，人們把它叫做盆景。盆養的樹頭很粗，乍看好像大樹，其實只是侏儒而已。我喜歡會開花的樹，勝過會開花的花；因爲像茶花這種會開花的樹，一到花季，花朵由上而下立體的呈現，不但瓣瓣分明，而且朵朵精彩；不像一般的花草，只能以籠統的數大便是美、數多即成景來迷眩人們的眼睛。

我們種花，我們愛花，我們賞花，即使一片才剛抽吐的芽尖，也能讓我們感到莫名的喜悅。茶花油油田田的葉子，迎著陽光閃爍，好像長在樹上如夢似幻的翡翠，爲大地帶來盎然的生氣。茶花含苞的蓓蕾，顆顆晶圓，粒粒飽滿，有如豐盈的秋收就在眼前，使人情不自禁的期待。茶花微微吐露的花瓣，早已引起人們無窮的遐想，遐想這棵待展的茶花，即將揭曉什麼迷人的謎題？茶花滿樹綻放的花朵，彷彿才剛卸下面紗的美女，冷豔逼人；彷彿擁有一切，瞬間置身於美麗的帝國之中，而接受所有天使的禮讚。

茶花一開，我和梅娜總是徘徊花前，像兩個貪婪的小孩，眼睛始終停在花朵之上。我喜歡茶花剛綻放時的嬌嫩，盛開時的嬌豔，斜陽下的嬌柔；今天有今天的意趣，明天又有另一番新的風采。我用我的眼睛攝影，用我的頭腦記憶，隨時觀察花的變化，即使一條網脈、一抹飛紅，我也不想錯過。因爲不由自主，因爲強烈的感動，我拿起筆來寫茶花的詩、茶花的文，將大地最經典的美麗，一點一滴的洩露出來。我自忖無法投入茶花專業的栽培，但至少我可以用我的筆，參與這場絕美的盛會，回饋我們所鍾愛的茶花族群。等到花落的時候，我把茶花拾起，一朵一朵放在白色的盤子裡，將完好的花瓣夾入書中，明年，它就是一張薄得透亮、美得高雅的花片。然後一瓣一瓣撕開，輕輕的從手上飄入桶中，讓茶花款款多情的回眸，深深的著在我的心上！

我曾喜愛玫瑰的浪漫，但卻嫌它的花瓣太薄，薄得無法盡情的奔放；我曾喜愛蓮花的端整，但卻覺得它的花型太匠，匠得難有意外的驚奇；我曾喜愛牡丹的華麗，但卻感到它的花朵太散，散得凝聚不起深度的美感。直到我與茶花相遇，我才知道什麼叫做喜愛！難怪帝俄時期的貴族，赴宴時必在胸前別上一朵白色的山茶，以表尊貴；韋瓦第的歌劇茶花女，手上常有一捧茶花，以表純潔；法國的精品香奈兒，每年必以茶花做爲設計的主軸，以表不俗；因爲，茶花真的很美！

又，榮獲神農獎及全國十大青年獎的曹春呈先生，每天在陽明山上快樂的與大地一起生息，不但借我土地恣意栽植，而且教我諸多種花的技巧；大恩大德，銘感難忘。閒來與花交心，時常加入茶花沖泡出絕頂好茶的蔡秋文經理，不但長期爲我看顧茶花，而且除蟲、鋤草、澆水，樣樣都來；此情此誼，常在我心。經營雙溪茶花莊的莊崇祥、莊豪雄兄弟，徜得茶花園中、每天對著茶花讀書寫字的蔡榮祥、許淑華伉儷，遍覽各地名花、且將養蘭技術移來培植茶花的陳中光、鄭惠玲伉儷，廣尋茶花珍貴的品種、已在三星購置土地以遂心意的林文雄、黃秀雲伉儷，不屑人間是非、日以茶花享受生活情趣的黃錫麟、許嘉蓁伉儷，都是高雅之士，都是酷愛茶花的同好，所以我謹在此寫下這段屬於茶花的美談。

（中國語文六七八期、二〇一三年十二月）